集英社オレンジ文庫

エースナンバー

雲は湧き、光あふれて

須賀しのぶ

本書は書き下ろしです。

CONTENTS

エースナンバー

ACE NUMBER

雲は湧き、光あふれて

監督になりました。

1

県立三ツ木《みつき》高校にはじめて足を踏み入れた、四月一日。

校門前の桜の木は五分咲《ごぶざ》きで、おそらく入学式や始業式のころには散っているだろう。

「今日からよろしくな」

しばらく──たぶん五年は毎日世話になるだろう大木に挨拶《あいさつ》をして、校門の中へと足を進める。

この瞬間は、神聖な気持ちになる。小中高、大学を経《へ》て、今は生徒から教師へと立場を変えたが、はじめて学校に入る時は、胸が高鳴るのだ。

春休み中だが、校舎の窓には人影がある。楽器の音や、グラウンドからはかけ声が聞こえる。

生物教師、二十七歳。教員免許をとって六年目。

俺の目に映った三ツ木高校は、なんの変哲もない、本当にごくごく平均的な公立高校だった。こりゃあいいと一目で気に入る。

なにを隠そう、俺の座右《ざゆう》の銘《めい》は「中庸《ちゅうよう》」である。

不足もなく、行きすぎるところもなく、丁度適当にバランスよく行動する。それこそが人間の理想の姿なので、我が子よ中庸たれ、との願いをこめて、両親は我が子に庸一《よういち》と名付けたらしい。彼らの願い通り、俺はどこに出しても恥ずかしくない中庸——というよりド平凡な人間に成長した。見た目も成績も遊びも人間関係も、全てがそこそこ。大きな成功もなければ挫折《ざせつ》もなく、実にほどよく順調に大学まで進み、教職課程を取り、高校の教諭《きょうゆ》となった。教師ともなると、さすがに気軽な学生時代よりも面倒は増えたし、なにより初任地は偏差値も底辺をさまよっていて校風も自由——というより荒れていたので、面倒も多かった。

だが、この学校は、まるで自分にあつらえたようなド平凡。少なくとも前の学校よりは心穏やかに過ごせそうだ。成績も規模も歴史も何もかもが平均、もしくはそれ以下。全てがそこそこを維持するのは、実はなかなか難しいと身をもって知っているので、俺はこの三ツ木高校に好感をもった。

きっと、いい日々になるだろう。

——そう気軽に考えていたのも、職員室で挨拶を終えるまでだった。

「えー、では新任の先生方についてですが。まず吉田《よしだ》先生は古典、えー、一年二組の学級担任をお願いします。校務分掌《こうむぶんしょう》は生徒指導部、えー、部活は柔道部でお願いします」

今日新しく三ツ木に赴任してきた教師を前に、淡々と説明するのは、三ツ木の校長だ。

吉田先生と呼ばれた、異動してきた四十前後のベテラン教諭は、いかつい顔に笑みを浮かべて「承知しました」と答える。いかにも柔道をやりそうな体つきではある。

「えー、そして若杉《わかすぎ》先生は」

校長の目が、こちらに向けられる。俺は反射的に姿勢を正した。

「生物、二年三組と四組の副担任をお願いします。校務分掌は、えー、教務部で」

「わかりました」

副担任という言葉に、ちょっと落胆する。学級担任よりも副担任のほうが楽でいい、というヤツもいるけど、副担任になると、校務分掌でかなりこき使われることになるので俺は面倒としか思わない。校務分掌とは、生徒で言えば委員会のようなもので、学校運営の業務の分担だ。授業や成績のいっさいを取り仕切る教務部は学校運営の核であり、事務仕事が膨大《ぼうだい》にある。その学校の組織や方針に慣れるには最適だが、とにかく仕事が多い。学級担任ではないということは、自分のところに優先的に仕事が来るんだなぁとうんざりする。

まあ、転任して一年目はそれも仕方ない。仕事に慣れるのを最優先と考えよう、と言い聞かせていたせいか、不意打ちで落とされた爆弾に、俺はしばらく気づかなかった。

「部活動のほうは、えー、野球部の監督をお願いします」

「はい、わかりました」

反射的に答えて、十秒後。

言葉が脳みそに届き、同時に顔から血の気《け》が引いた。

「はっ？　え、いま野球部って⁉」

動揺する俺を前に、校長はますます笑みを深め、どこぞの大仏のような慈悲深さをもって言った。

「はい、野球部の監督をお願いします」

「……念のためお訊《き》きしますが、部長のほうではないのですね？」

高校野球では、監督は教員免許を必要とせず、学外から連れてきてもかまわないが、部長は責任教師となるので必ず校内の教諭でなければならない。生徒に直接指導を行う監督とはちがい、事務や対外交渉などを行う部長は、強豪校《きょうごうこう》ならば監督以上に長い指導経験をもつベテランがつくこともあるが、公立校あたりでは名前だけの顧問《こもん》であることも多い。

「はい、部長は、えー、ずっと田中《たなか》先生にお願いしていますから。えー、若杉先生にはぜひ監督をお願いしたい」

「そのう、野球は体育の授業と、小学四年生の時に地元のチームでちょっとやった程度なんですが……」

「はは、皆そんなものですよ。若杉先生は、えー、前の学校では陸上部の顧問をされていたそうですね。久しぶりの若く活発な先生ということで、生徒もたいへん喜びますよ。前の顧問の先生は高校まで硬式野球をやってらしたのですが、えー、膝《ひざ》が悪くてあまり一緒に練習はできませんでしたからねえ。やはり先生が一緒にやってくれるというのが、えー、嬉《うれ》しいと思うんですよねえ。皆で楽しくやれるのがね、一番ですよ」

まさに立て板に水。反論を差し挟む余裕が全くない。いや増す大仏の威光に、俺は胸の中で「何回〝えー〟言うんだよ」とツッコミを入れることぐらいしかできなかった。


学校の周辺は見渡すかぎりの田んぼだが、駅に向かう途中に大きなショッピングモールがあるのは助かる。

帰りに立ち寄ると、三ツ木の生徒の姿もちらほらあった。今は春休みだからいいが、学期が始まったら、生徒がいるような時間にここに立ち寄れる機会はほとんどないだろうな、と思う。いや、そもそもあいている時間に来られないか。

教員になりたてのころ、学校を出るのは毎日午後十時を回っていた。

朝は朝礼や、昇降口立ち番があるので八時前にはついていなければならないし、教科担当は一日に三コマから四コマあるし、クラス担任であれば朝や夕方のHR《ホームルーム》にも出る。あいた時間は校務分掌と、授業の準備や課題の確認で休む間はない。貴重な昼食の時間も、生徒が質問に来れば潰《つぶ》れてしまう。そして放課後は部活動。七時前に部員たちが帰るのを見届け、再び職員室に戻って明日の準備。全部まじめにやっていたら、余裕で労働時間十四時間を超えるのである。とんだブラック企業だ。

一年も経《た》てば、準備にそれほど時間をかけることもなくなったが、やはりどうしたって九時は過ぎる。結局、十三時間労働だ。教師は公務員でいいよなー、結構休めるし、などとほざく輩《やから》は殴《なぐ》り飛ばしてやりたい。

しかも部活は野球部だ。今日もグラウンドで元気に練習していたので挨拶がてら軽く見学しに行ったら、週に三回朝練もあるという。泣きたい。さらに早起きしなければならないらしい。

学期が始まったら、五時半起きか。携帯だけだと心許《こころもと》ないから目覚ましを買っておこうと、まず電器屋に行く。一番安いのを買って、ざっとショッピングモールの中を歩いて回る。ここに寄れる時間は限られるだろうから、しっかり覚えておかないと。

二階にあがってすぐ、大型スポーツ用品店が目に入った。Tシャツと靴下も買い足しておくか、と足を踏み入れたはずが、気がつけば野球用品が並ぶコーナーに来ていた。

ずらりと並ぶグローブにバット。こうして見ると、壮観だ。

値段はピンキリだが、ミズノプロのグローブなんか、五万ぐらいする。高い。名門校だと、こういうのを当たり前みたいに使っているんだろうなあ。

子供のころ使っていたグローブは、どこのだっただろうか。捨ててはいないはずだから、実家のどこかにはあるはずだが、もう忘れてしまった。

「あれ、若杉先生?」

驚いたような声がした。振り向くと、坊主頭の生徒がきょとんとした顔で立っている。

やや小柄《こがら》、まんまるの顔は、覚えがある。さっき、グラウンドで会ったばかりだ。

「中村《なかむら》、だったな。おまえも買い物か」

中村文樹《ふみたつ》。三ツ木高校野球部のキャプテンだ。ポジションは捕手。

さきほど、はじめて練習に顔を出した俺を、まっさきに迎えてくれたのがこいつだ。

丸顔に大きな目。鼻も丸っこい。体つきは丸くはないが、小柄なこともあって、どこか小動物っぽい雰囲気《ふんいき》があるやつだ。高三なのに。

「はい、バッティンググローブが破れちゃって」

肩から提《さ》げたバッグから出した手袋は、相当くたびれていた。

「おお、すごいな。練習したんだなあ」

「素振り、家で毎日二百回やってます」

胸を張られたが、二百回が多いのか少ないのかよくわからん。昔、プロ野球選手が高校のころ毎日千回振ってたって言ってたような気がするけども。

「へえ、みんなやってんの？」

「それは、わからないです。前の監督に家でもやれって言われたから、俺はやってましたけど……」

中村は言葉を濁《にご》す。

まあ、うん、他の連中はやってないだろうな。

今日、ざっと見たところ、三ツ木野球部は、お世辞《せじ》にも熱心とはいえない部活だった。

三年生は二名、二年生は六名。この六名は、女子マネージャー一人を含んでいるから、試合をするには二人足りないので、他の部から借りてきてどうにか試合に出ている状態らしい。人数のほうは、もうすぐやってくる新入生諸君に期待するとして、今いるメンツも、野球に青春賭《か》けてますってタイプはほとんどいなかった。

坊主頭なのはこの中村と、あと二年生の――たしか矢島《やじま》ってのがそうだったか。後は、さすがに長髪はないけど、まあだいたい普通の髪型だ。練習もひととおり見せてもらったが、集中しているようには思えなかった。決められたメニューを、ほとんどルーティンでこなしているような。

当然の結果として、三ツ木野球部はここ数年ずっと、公式戦初戦敗退が続いている。要するに、いきなり俺が監督に任命されてもおかしくはない程度の部ってことだ。ま、そりゃそうだ。「甲子園《こうしえん》行こうぜ！」なノリのところなら、さすがに学校側だって人事は考えるだろう。

「そうか、さすがキャプテンだ。率先して練習してるんだな」

俺が褒《ほ》めると、中村は顔をあからめた。

適当に練習を流している連中の中、こいつだけはクソ真面目《まじめ》に練習をしてたんだよな。見た目を裏切らないというか、たいていの人間が「高校球児」と聞いて思い描くイメージをそのまんま具現化したような性格だ。はきはきして、礼儀正しく、声がでかい。練習中に聞こえてくるかけ声は、ほとんど中村のものだった。

「いえ、俺ほんとにヘタだから、人より練習しないとヤバイんす。それだけっす」

「田中先生に聞いたけど、三年生なのに、いつも真っ先に練習に来て、整備や白線引きやってるんだろ？　なかなかできることじゃないよ」

中村の顔がますます赤くなる。そろそろ湯気がでそうだ。

「あ、いや、ただ少しでも長く練習したいから、手があいてる俺がやってるだけで」

「えらいな。でも他のやつらにもやらせたほうがいいぞ。自分でやっちゃったほうが早いってのもわかるけど、それが当たり前になると、他のやつら、中村の仕事だって思って何もしなくなるからな」

「……はい。気をつけます」

少ししゅんとしてしまった。やっぱりこれは、すでに押しつけられてるパターンだな。こういう、真面目で責任感が強いやつって、気がつくと要領いい連中に便利に使われていたりするから気をつけないと。

「放課後はすぐは行けないが、朝は俺も準備手伝うぞ。一緒に声かけていこうな」

「はい、お願いします。……あのう、監督」

もじもじと、中村はグローブのほうを見やった。

「なんだ？」

「グローブ、買うんすか？」

いや別にそういうわけじゃ、と言いかけて、中村の目がやたらきらきらしていることに気がついた。

「……ああ、うん、まあそうなんだけど」

俺は頭を掻《か》いて、ずらりと並ぶグローブを見やった。

「さっき挨拶でも言ったとおり、野球をまじめにやるなんて十数年ぶりでさ。いっぱいありすぎて、迷ってたんだ。よかったら、アドバイスしてくれないか？」

中村の顔いっぱいに笑みが広がる。

「はいっ！」

おお、よかった。正解だ。しかし声デカいなおまえ。今、店中の客がこっち見たぞ……。

部には古いグローブが残っているから、手入れすればそれなりには使えるし、俺はそうするつもりだったが、これだけ期待をこめた目で見られれば仕方ない。

それにこれは、いいパフォーマンスになるだろう。俺がわざわざ新品のグローブを買えば、気合いが入ってるって見てもらえるんじゃないか。まあ、こいつバカだなって思われそうでもあるが。少なくとも中村は、新監督が自分たちのために新しいグローブを買うということが、嬉しくてたまらないらしかった。

結局それから丸一時間かけて、ザナックスのオールラウンド用を購入した。やっぱいつかはミズノプロが欲しいよな～と他愛《たわい》ない話をしながら、中村と駅へと向かう。抱《かか》えた袋の下のゴツい感触が、妙に懐《なつ》かしい。

子供のころ、はじめてグローブを買ってもらった時のことを思い出す。ずいぶん嬉しかったな。

地元の少年野球チームに入ったのは、四年生の時だった。幼なじみの融《とおる》に誘われて入って、最初はけっこう楽しかったが、途中でやたら熱心な監督に代わってから練習が格段にキツくなり、だんだん行かなくなったんだった。おかげでチームはすごい勢いで強くなって、地区で優勝して新聞に出たりするようになったものの、俺はただあくまで友達とわいわいしたくて入ったから、あのスポ根《こん》ノリにはちょっとついていけなかった。

一緒に入った幼なじみは、練習めんどくせぇ監督うぜぇと文句を言いつつずっと続けて、高校もけっこう強いところに行った。去年の年末に会った時、今も日曜朝の草野球は続けていると言っていたから、今度、ちょっとコツとか教えてもらうかね。

「いずれノックとかも打てるようにするつもりだが、まずはキャッチボールからだな。いやあ何年ぶりかなぁ」

新しいものを買うと、心が浮き立つせいだろうか。俺は未《いま》だかつてないほど、野球がしたくてたまらなくなっていた。あの、小四のころに戻ったようだ。

「明日から参加するからよろしく頼むな、中村。久しぶりだから、ヘタで迷惑かけると思うけど」

「とんでもない！　監督も一緒にやってくれるなんて、嬉しいっす！」

丸い目が、俺の手に大事そうに抱えられたグローブを見つめる。やっぱり嬉しそうだった。

三ツ木野球部は、そんなに熱心な部活じゃない。だからそんなに構える必要はないんだ。そうそう、校長だって言ったじゃないか。

「やはり先生が一緒にやってくれるというのが、えー、嬉しいと思うんですよねえ。皆で楽しくやれるのがね、一番ですよ」

その通り、皆で楽しく。昔やったみたいに。高校の授業でだって、なんだかんだ盛り上がった。あんなノリで、楽しくやっていけばいい。中村や他の生徒たちが、「野球部、楽しかったなあ」って後で思ってくれるように。

そう思ったら、すごく気楽になった。

せっかく顧問になったんだ。楽しくやろう。

夏には一勝ぐらいできたら、嬉しいだろうな。真夏の高校野球なんて、もう青春ど真ん中じゃないか。

この俺が、高校野球の監督。笑える。融に言ったら、まちがいなく笑い転げるだろう。

まあ、人生なにがあるかわからない。

けどせっかくだから、皆で楽しめばいいじゃないか。うん。

2

始業式のころに散り始めていた桜は、四月も半ばになると青々とした葉っぱに衣替《ころもが》えだ。グラウンド横の葉桜が、音をたてている。本数が多いのと、風が強いせいで、さわさわというより、ざわざわだ。雲一つない晴天で、見るからに春だが、風は冷たくて、俺はユニフォームの上から何度も腕を擦《さす》った。

ううう、ウィンブレ着たい。すっげー着たい。洟《はな》を啜《すす》り、ベンチの背後に置いたスポーツバッグにちらりと目をやる。あの中には、新品のウィンドブレーカーが入っている。今すぐ取り出して羽織れば、この寒さもだいぶマシにはなるだろう。

でも、今日は意地でも着ないと決めていた。

なにしろ今日は、三ツ木《みつき》高校野球部監督に就任して、初めての公式戦なのだ。真新しい白いユニフォームには、紺色で「ＭＩＴＳＵＫＩ」の文字。これを早々に、監督自《みずか》ら隠してしまうのは、なんとなく忍びない。

ベンチを見れば、選手たちも寒さに縮こまっている。だがウィンブレを着ている生徒は一人もいない。彼らが着ない以上、こっちも着るわけにはいかん。選手のほうも、監督が着ないなら俺たちも着られんと思っているのかもしれないが。

腕を擦り、グラウンドに目を戻すと、ネクストバッターズサークルから中村《なかむら》が打席に向かうところだった。

そういや今日は、二打席とも見送り三振だったな。振らないで凡退《ぼんたい》はいかん。

「中村ー、思いっきり振ってけよ！」

七回表まで進んだ試合は、１対６で負けている。ここまでで、ヒットはたったの三本。相手のエラーがらみで一点とれたものの、四回からはゴロと三振を量産し、出塁《しゅつるい》できたのは四球ひとつだけ。

相手の戸城《としろ》高校は格上だし、ここから五点差をひっくり返すのは正直無理だ。ここは、格上の相手にびびらず思いきってプレーしてほしい。

相手投手が投球モーションに入る。

打席の中村は、俺の言葉通り、思いっきりバットを振った。が、ボールにかすりもせず、あっさり三球三振。いや、思いっきり振れとは言ったけど、闇雲《やみくも》に振れとは言ってないんだけどな……。

中村は元気よくベンチに戻ってくると、俺の顔を見て「打てなくてすみません！」と帽子をとって頭をさげた。

「いや、思いきりは、うん、よかったぞ。ほら皆も、もっと声だしてけ！　最後まで元気にな！」

気まずさをごまかすように、ベンチの面々にも声をかける。すると一瞬の沈黙を置いて、「思いっきり振ってけー」「球よく見ろ」と次の打者へ、皆がいっせいに声をかける。

だが声にはほとんど覇気《はき》が無い。その中で、三振したばかりの中村だけは元気よく声を出していた。

「野々宮《ののみや》、球をよく見て思いきり振ってけ！　怖がるな！」

小さな体にそぐわず大きな声は、よく通る。おとなしい部員が多い中で、今日も最初からずっとひときわ大きな声を出し続けていて、ほんとに助かる。

俺みたいなド素人《しろうと》監督の言うこともよく聞くし、挨拶《あいさつ》や返事もしっかりしている。練習だって真面目《まじめ》の一言だ。

本当にいいヤツなのだ。うん、いいヤツなんだけどなぁ……。

胸にひろがる靄《もや》を押し込めるように、がっちり腕組みをする。とりあえず、ベンチの奥にどっかと座るのではなく、「監督は常に堂々と」という融《とおる》からのアドバイスに従って仁《に》王立《おうだ》ちをしているので、端《はた》から見れば泰然《たいぜん》として見えるんじゃないかと思うが、内心は大荒れだった。

そもそも、安易に振ってけって言うのはダメだったかもしれない。春大会は、とにかく公式戦の空気に慣れるのが優先で、萎縮《いしゅく》するのが一番ダメだって言われたけど……ああでも中村のやつ、ものすごくボールをよく見てて、その結果の見逃し三振なら、振ってけなんて言ったら逆効果っつうか中村の努力を無視したことになるかもしれない。あの三球三振はもしかして抗議？　いや、中村にかぎってそれはないか。

こいつは本当に、言われたことを素直にきくのだ。というか、ききすぎだ。本当に額面《がくめん》通《どお》りに受け取ってしまう。真面目なのは、融通《ゆうずう》がきかないという側面もあわせもつ。

教師をやっていれば、こういうタイプには慣れてはいるけど、チームスポーツの、しかも主将となると、なかなか扱いが難しい。俺自身、チームスポーツにあんまり親しんでこなかったのが問題だ。やっぱり小学校の時、もうちょっと真面目に野球続けておけばよかった。あれで懲《こ》りて、中学からは一人で走ってれば文句を言われない陸上部に入っちゃったんだよな。中村も、野球じゃなくて陸上ならよかったのに。

他の選手たちも、どう思っているんだろう。振ってけって声かけた時、よけいなこと言うんじゃねえよって視線を感じたような……。そもそも、満足にノックもできないような監督に試合に口を出されたくないだろう。

ああ、いかん。どんどん思考がマイナス方向に行ってしまう。おかげで全然、試合が頭に入らない。

選手たちがグローブをもってベンチから飛び出していくのを見て、いつのまにかスリーアウトチェンジになっていたことに気がついた。

「よし、しっかり守っていこう！」

慌《あわ》てて、励ますように大きく手を打つ。大きな返事は捕手のプロテクターを身につけた中村だけで、あとは帽子のつばを軽く下げて反応するか、スルーしてそのまま駆けていく。

うーん。この二週間で、練習中はそれなりに喋《しゃべ》るようにはなったんだけどな。試合となるとやっぱり少し違うもんだな。

落ちかけたため息を飲み込み、マウンドに目をやると、ひょろ長い生徒が立っていた。眼鏡《めがね》がトレードマークの二年生、月谷《つきたに》だ。このチームには三年生は二人しかおらず、中村は捕手、もう一人は内野手《ないやしゅ》なので、月谷は一年生の時からピッチャーをやっていたという。

実のところ、俺はこの月谷が苦手だ。

べつに、態度が悪いわけじゃない。チームの中では礼儀正しいほうだし、愛想《あいそ》もいい。中村の次にあれこれ話しかけてくれたのは、こいつだった。

ただし授業中は寝ている。俺はこいつのクラスの生物を担当しているが、今までの授業三回ともとてもよくお休みになっていた。しかし小テストは満点だった。腹が立つ。

他の教科でもまんべんなく上位にいて、野球もチームの中ではダントツにうまい。ピッチャーなんて、そのチームで一番うまいヤツがやるものだから当然かもしれないが、バッティングもなかなか——というか、はっきり言ってまともに打てるのがこの月谷しかいない。

そんなヤツから見れば、「俺、野球よくわかんないんだけど一緒に楽しもうぜ～」って頭に花咲かせてきたような監督なんざ、敬意を抱きようがないだろう。そりゃ授業も休養時間に充てるだろうよ。

俺の複雑な思いも知らず、ユニフォームにエースナンバー「1」を背負った男は、淡々と投げ続ける。

球はお世辞《せじ》にも速くない。だが、よくわからん球をいっぱい投げている。

まっすぐ、ゆるくカーブする球、横に曲がる球。あと妙な落ち方をする球。ストレートとカーブ、スライダー、あとはチェンジアップだと本人は言っていた。このあたりは俺にもわかるが、カットボールだのツーシームだのはもうお手上げだ。

月谷はとにかくいろいろな球を投げる。おかげで中村が対応しきれず弾《はじ》いてしまうこともしばしばだ。ちなみにここまでの失点のうち二点は、このバッテリーエラーで失ったものだ。

チャレンジ精神があるのはよいことだが、失点覚悟で公式戦でやることなのだろうか。もっとキャッチャーが捕れるようになってからすべきじゃないんだろうか。

もちろん、三年生の中村も零《こぼ》しすぎなんじゃないかとは思うが、そもそも中村は二年生までは外野をやっていたらしいのだ。捕手をやっていた同級生が秋に辞めてしまったので、少年野球で捕手をやっていた中村がコンバートされたと聞いた。そんな相手に、あんなわけわからん球を投げまくるのは、どうしたものか。

なにしろ今は、月谷が全てサインを送っている状態だ。中村に「普通、キャッチャーが配球とかするんじゃないのか？」と訊いたら、恥ずかしそうに「やろうとしたんですけど、月谷にワンパターンすぎるって言われたので、あいつに任せることにしました！」と明るく答えられた。それでいいのか、三年生。

「もぉ、月谷まじうざいわ。スコア書く身にもなれっての」

心を読んだように、傍《かたわ》らでぼやく声がした。スコアをつけているマネージャーの瀬川《せがわ》だ。

グラウンドでは、本日五度目の捕逸《パスボール》が起きて、せっかく打者を三振に打ち取ったのに振り逃げで出塁を許し、さらに二塁にいたランナーも三塁へ進塁《しんるい》させてしまったところだった。

「瀬川さん……うざいなんて言ってはいけないよ……」

　ベンチの奥から、弱々しい掠《かす》れ声がする。驚いて振り向いた。

　燦々《さんさん》とグラウンドに降り注ぐ陽光も届かぬベンチ奥には、地蔵《じぞう》が座っている。試合が始まってから今の今まで、一言も喋らなければ、ろくに動きもしなかったので存在を忘れていたが、部長の田中《たなか》先生だ。

　年齢は四十半ばと聞いているが、すでに頭髪の半分が白く、あらゆる不幸を味わったような顔立ちと、枯れ木のような体のせいで、下手《へた》をすると老人のように見える。最初に会った時、俺はあまりの存在感のなさに驚いたが、今もよく存在を忘れて、声がするたびに驚く。

「そう言うけどさぁゆうちゃん、うざいもんはうざいよ。あいつオタクだからさー、球種増やすとかはいいけどその前にやることあるだろっての」

　瀬川はペンをカチカチさせながら、田中に平然とため口《ぐち》をきいた。

「こら瀬川、そういう口の利《き》き方はダメだって言っただろう」

　さすがに叱《しか》ると、瀬川は口をおさえた。

「きゃーゴメンナサイ、癖《くせ》でつい～」

「いいんですよ若杉《わかすぎ》先生……もうこれで定着しているんですから……。無理して直すのも変ですし……」

おろおろと瀬川を庇《かば》う田中先生に、舌打ちしたくなる。いいわけないだろう、あんたがそんなんだからこいつら教師を舐《な》めくさっててんじゃないか。

「いや、礼儀がなってないと、外の人間から侮《あなど》られるのは生徒たちでしょう。瀬川、今後気をつけてくれればそれでいい」

「はぁい。監督かっこいい！　気をつけまぁす」

瀬川は長い髪をおさえて、頭を下げた。

ああ、これ完全にバカにされてるわ。そりゃあこちらは田中先生より一回り以上は年下だし、そもそも監督になって二週間しか経《た》っていないのだから仕方がないが、カチンとくる。

はあ、とため息をついたところで、金属バットのカキンという音が突き刺さった。

嫌みなほど澄んだ、かわいた音。

目を向けた時には打球は左中間《さちゅうかん》を抜けて、三塁に進んでいたランナーが楽々生還する。

さらに左翼手《レフト》の榎本《えのもと》が捕球《ほきゅう》でファンブルし、めざとく見つけた一塁ランナーは二塁を蹴《け》って三塁を目指す。さらに焦《あせ》ったのだろう、榎本が必死に投げたボールは、とんでもない方向に飛んでいった。

「あーもーエノったら！」

瀬川が頭を抱《かか》えて叫ぶ。

三塁手が必死に追いかけるものの、その間にランナーは三塁を蹴り、ホームへと向かう。

結局、三塁手がボールを拾ったころには、二人目もホームインしていた。歓声と同時に、相手ベンチから選手たちが飛び出してくる。

ああ、そうか。七点差ついたからコールドゲーム成立か。

顎《あご》をかきつつ、整列する選手たちを見やる。明らかに肩を落として走ってきた榎本が、列の手前に回る。「ありがとうございました！」といっせいに頭を下げ、列がほどける。

ベンチの前で出迎える俺に、榎本は頭を下げた。

「監督、すんません」

……あまり反省しているようには見えない。それに謝る相手がちがうんじゃないか。

「まあ次気をつけてな」

ほっとしたように顔をあげた彼に、中村たちも「ドンマイ」「ナイスファイト」と笑顔で彼に声をかけ、トンボを手に整備へと向かう。

おお、こういうフォローはちゃんとしてるんだな。それはいいことだ。

「ドンマイ、エノ」

最後にベンチへ戻ってきた月谷が、榎本の背中を軽くたたいた。

「ごめん月谷、最後、俺のせいで」

「いや、今日の負けは俺のせい。打たれまくってすみませんでした、監督」

月谷が、今日はじめてまともに俺の顔を見た。視線が絡《から》む。眼鏡の奥の目は、何かを探るようだった。

そこにあるものが見えなくて、俺はただ首をふった。

「誰か一人の力で勝敗が決まることはない。ミスってのは、いつかは必ずすることだ。ミスを犯《おか》す意義は、なぜそれが起きたかよく理解して、二度と繰り返さないことにある。今日の反省は、次にいかせ」

本当なら、言いたいことはある。中村はもう少し落ち着け、月谷は一人で野球やってんじゃねえ。喉《のど》まで出かかった。

だが、月谷の試すような目が、言葉を封じてしまった。結局、俺の口から出たのは、無難きわまりないお言葉だった。

「やだー監督、なんかかっこいい～」

これはマネージャー。無視。

そして月谷はと言えば、つまらなそうに「ウス」と言って、そっぽを向いた。

「ああ、三ツ木さんの。先ほどはどうもありがとうございます」

監督控え室に出向くと、柔和《にゅうわ》な笑みの監督が出迎えてくれた。公立の雄《ゆう》である戸城高校を率いる奥田《おくだ》監督は鬼と名高く、試合中も厳しい顔を崩さないが、こうして見ると、ちょっと腹の出た気の良いオッサンといった風体《ふうてい》だ。

「こちらこそ、胸を貸していただき、ありがとうございます。戸城さんはさすが動きが違いますね。非常に勉強になりました」

握手を交わし、礼を述《の》べる。掌《てのひら》の分厚さ、固さに身が引き締まる。ここのところ、毎日バットを握ってノックの練習をして、あちこちにタコができてはいるが、俺の手はまだまだ柔らかい。

「いやいや三ツ木さんも、監督が替わって、爽《さわ》やかなチームになりましたな。加藤《かとう》監督もよい指導者でしたが、やはりご高齢ということもあって、生徒と距離はありましたからね。やはり、生徒と一丸となって戦う若い監督は、すがすがしくてよいものです。高校野球の本質を見た思いで、こちらこそ勉強になりました」

う、さすが名門を率いる監督。見た目に反して、口がまわるまわる。持ち上げ方もうまい。きっと普段の練習も、飴《あめ》と鞭《むち》をうまく使い分けてるんだろうなぁ。

この奥田監督は、戸城高校の前は、やっぱり公立の強豪《きょうごう》として名高い清和西《せいわにし》を率いていたんだよな。その時はたしか決勝まで行ったんだっけ。やっぱりそういう人は、選手だけじゃなくて、大人を転がすのもうまいんだろう。

「いや、はは、恥ずかしながら私はまともにバットを握ったのもずいぶん前でして。生徒に教えてもらっている状態なのです」

「監督が生徒に教えられるものよりも、監督が生徒から教わることのほうがはるかに多い。皆、忘れがちなのですが、大事なことですよ。謙虚《けんきょ》であること、これが最も重要です。そういった意味では、若杉先生ほど理想的な監督はいないでしょう」

……これはもしや褒め殺しというやつではないだろうか。

いや、待て。ここですごすご引き下がるわけにはいかないんだ。俺は単に挨拶《あいさつ》に来たわけじゃない。

「奥田先生にそう言っていただけるとは光栄の極《きわ》みです。ですがその、私はこの通り野球に関しては初心者同然で、選手たちに細かい指導ができないのです。奥田先生のほうからぜひ、三ツ木の生徒たちにアドバイスをいただけないでしょうか」

緊張を押し殺して、俺史上最高に爽やかな笑顔で言ってみた。

「ほう、私がですか」

意外そうに奥田監督が目を見開く。

おかしなことは言っていないはずだ。試合中のこちらの動きを最も客観的に見ているのは、なんといっても相手の監督なのだ。しかも俺の何十倍もの野球のキャリアがあるお方。この機を逃すわけにはいかない。

自分ができないのなら、ベテランに頼ってしまおう。いい計画だ。

「はい。ぜひ」

「ふむ。まあ、そうですね。まずエースの月谷君でしたか。器用なのは結構ですが、そこに溺《おぼ》れている気がしますね。高校生はストレートとカーブだけで配球を組み立てるぐらいが理想なんですが、彼の場合はなぜそこでその球を投げるのか全く見えません。何か指示は出されたのですか？」

さっそくズバリ言われて、恐れ入る。これをこのまま月谷に伝えてやろう。

「こちらからは何も。まあだいたい予想はつくんですが……」

「ほう」

「もっともまだ会って二週間足らずですので、把握《はあく》しきれていませんが」

「コントロールは素晴らしいですし、マウンド度胸もある。ひとりで野球をやる癖を改めれば、いい投手になると思いますよ。それと一塁手ですが……」

奥田監督は次々と、三ツ木の選手を解剖していった。

必死にメモをとりながら、俺は舌を巻くほかなかった。たった一度見ただけで、よくもここまで覚えているものだ。名前は出てきたり出てこなかったりするけど、プレーは本当によく覚えている。長所も欠点も、そして癖もすぐ見抜く。

なんだこれ。どうやったら、そんなことできるんだ？

奥田監督はたしか今年で四十五歳。高校時代には甲子園《こうしえん》にも行った、生粋《きっすい》の野球人だ。

ああ、こういう人が監督なら、うちの連中も見違えるようにうまくなるんだろうに。

うちは、甲子園を目指すようなチームじゃない。野球エリートなんて一人もいないし、高校に入ってから野球を始めたヤツだっている。皆で楽しく、力を合わせて部活動すれば充分だとは思っている。

だが楽しくやるには、やっぱり試合に勝ちたい。せめて夏には、一勝ぐらいさせてやりたいのだ。中村たち三年生には、ああいい三年間だった、と幸せを噛《か》みしめて終わってほしいと思う。

まだ四月も半ばで気が早すぎると言われそうだが、なにしろ今日で、我が校の春季大会は終了なのだ。地区予選を勝ち抜けばゴールデンウィークに県大会があるが、うちはもう今日から夏めざして一直線。そして監督はド素人。初動が早いに越したことはない。

「――と、こんなところでしょうか。的外《まとはず》れな意見もあったでしょうが、ご容赦《ようしゃ》いただければ」

「とんでもない。目から鱗《うろこ》が落ちる思いです。選手たちも喜ぶでしょう、ありがとうございます」

俺は興奮ぎみに頭をさげた。

奥田監督は、「お役にたてたのならよかった」と笑っている。その笑顔に背中を押され、俺はついでとばかりに言った。

「最後に、できれば捕手についてもう少しお教えいただけないでしょうか。キャッチング技術が向上すれば、月谷も投げやすいのではないかと思うのですが、どう指導すればよいか悩んでいるんです。前監督がされていたという練習法を踏襲してはいるのですが」

「ああ、八番を打っていた中村君ですね。さすが主将、一番声が出ていましたね。あと肩も強い」

「はい。遠投は一番なんですよ。非常に熱心な選手なので、きっかけがあればきっと成長すると思っているのですが……」

奥田監督はしばらく考えこんでから、「まず構えですが、足の開きがよくありません」と説明しはじめた。ただ、妙に歯切れが悪い。それだけ問題点があるってことだろうか、

とメモをとっていると、

「若杉さん、三ツ木には他にキャッチャーはいないのですか？」

と逆に質問された。

「恥ずかしながら人数がぎりぎりでして……。外野に、いちおう捕手も出来る者はいますが」

「そうですか」

奥田監督の顔が曇《くも》る。少し迷うように目を伏せた後、意を決したように俺を見た。

「酷《こく》なようですが、彼は諦《あきら》めたほうがいい。あれ以上、上達しません」

ペンを握る手に、力がこもった。

ショックというよりも、やっぱり、という思いが先に立つ。

「非常に熱心な選手なのはわかります。ですが、どうやっても向いていない選手というのは、いるものです。スポーツであるかぎり、これはどうしようもありません」

そうか。ベテランから見ても、やっぱりそうなのか。

奥田監督なら、俺にはわからない、劇的な改善方法を知っているかもしれないと思ったが、そんな都合のいい話があるはずはないのだ。

「何を目的とするか、何に重きをおくかは、それぞれの学校によって違います。若杉先生が三ツ木でどういうチームをつくられていくのか、私にはまだわかりませんが、ただ、こうしていらしたということは、勝ちたいと思っているのでしょう」

「はい」

「であれば、ポジション替えも検討されるべきです。今のままでは、エースの月谷くんが潰れかねない。彼は二年生でしたよね。捕手を替えれば、彼は見違えるほどいい投球をするかもしれません」

　唾を飲み込む音が、ひどく大きく響いた気がした。

「捕手によって、そんなに投手は変わるものですか」

「捕手のよしあしはキャッチングで決まります。肩がいいとかインサイドワークは、あくまでおまけのようなものですよ。投手が安心して投げられる――これが最も重要で、最も難しい。残念ながら、月谷君は全くキャッチャーを信頼できていない。これぞという速球を投げ込めない。投手が本来の力を全く発揮できないバッテリーでは、まずチームづくりの最初の段階で躓いていることになります」

　ああ。やはり、そうなのか。苦い思いが胸に広がる。

　俺は、子供のころたった一年ほどチームに所属していただけの、ド素人だ。そんな俺でも、二週間見て同じように感じた。

中村は、明らかに捕手に向いていない。というより、野球に必要な能力があまり備わっていないように感じる。そして月谷との信頼関係が全く出来ていない。中村が誰より練習を真面目にやっているだけに、誰も文句を言えず、チームがふわふわしているのだ。

中村をコンバート。それができるのは俺だけだ。そうすればたしかに、丸くおさまるとは思う。でも、それでいいんだろうか。

もともと外野だった中村が捕手にコンバートしたのは、チーム事情だ。彼は適応しようと、とにかく必死にやっている。下手なことも充分自覚しているから、誰より練習しているのだ。なにより中村は、捕手というポジションが、大好きなのだ。それは練習中の顔を見ていればよくわかる。

なのに、今からまた他のポジションに移して、やる気を削ぎはしないだろうか。楽しいチームを目指しているのに、一番熱心なキャプテンをそういう使い方をしていいものなのか？

だがこのままでは、月谷が潰れるかもしれないと言われたら――。

「今あるメンバー全員を平等に扱うのも、立派なチームの姿です。ただ、勝利を目指すのであれば、必ず脱落する者も出てきます。酷なことですが、その選別もまた監督の役目であり、またそれを酷と思わせぬようにするのも我々の役目ですよ」

途方にくれている俺を励ますように、奥田監督はぽんぽんと俺の肩をたたいた。

やっぱり分厚い掌だ。

瞬《また》く間《ま》に生徒を見抜くこの人は、それだけ、酷な判定をいくつも下してきたのだろう。勝つために。勝たせるために。それが一番、楽しいことだと知っているから。

とてつもなく楽しいことは、必ず、誰かの涙の上に成り立つもの。

「ありがとうございました。チーム運営について、私も改めてよく考えてみます」

丁寧に頭を下げて、監督控え室を後にする。

通路に出た途端、大きなため息が落ちた。全身ガチガチになっていたらしい。妙に肩が凝《こ》っている。

楽しいばかりじゃいられない。わかっている。俺だって、高校時代、大会に出られなくて悔《くや》しい思いをしたことがある。あんなに練習したのになんでだよ、あいつより練習したのにって、文句が喉まで出かかってたことだって。

熱血とはほど遠いキャラだった俺だって、そうなんだ。もっと必死にやってるヤツなら、歓喜も悔しさも何倍にもなるだろう。

「勝利を目指すなら、かぁ……」

そうつぶやいた途端、全力で声だししている中村の姿が思い浮かんだ。

頭を振る。

駄目だ。やっぱり、外すなんて考えられない。今日はミスが重なったが、今年はじめての公式戦で主将として気負いすぎているところがあったから、きっとそれも影響しているはずだ。

そもそも、まだ俺が三ツ木に来て二週間だ。今からこんなこと考えてもしょうがない。夏まで四ヶ月。あれだけ熱心にやっているんだ、少しは変わるはずだ。俺でよければいくらでもノックを打つし、とことん練習にはつきあう。

そうすれば、きっと変わっていく。なにしろ高校生は、可能性の塊《かたまり》だ。

ベテラン監督の眼力だって、時にはくるうこともある。あまり振り回されるのはよくない。

「よし、明日からまた気合いだ気合い」

頬《ほお》を両手で叩《たた》き、廊下を足早に歩く。

三塁側、三ツ木の選手たちが待つほうへと。

3

新入部員が、四名もいた。大変めでたい。

地区予選のころはまだ仮入部だったので、よそから部員を借りて出場したが、これからは部員だけでまかなえる。総勢十二名。全員、余裕でベンチに入れる。三年生が引退しても、ぎりぎり公式戦にも出られる。これはなんとしても、退部者を出さないように気をつけなければならない。

新入部員は四名全員、中学から野球をやっていたそうで、最初からなかなかのものだ。張り切った俺は、ゴールデンウィークには連日ダブルヘッダーで練習試合を組んだ。

なにしろ、我が野球部は、地区予選で敗退したため、ゴールデンウィークにかけて行われる県大会には進めない。

だから、ここぞとばかりに練習試合を入れまくった。正確には、交渉して予定を組んでくれたのは田中《たなか》部長だが、彼の重い尻《しり》を叩《たた》き、先方に電話しまくったのは俺だ。

そもそも地区予選が終わってすぐ、練習試合の予定を確認した俺は、目玉が飛び出そうになったのだ。ゴールデンウィークにあろうことか一試合だけ、しかも同じ市内、同じレベルか格下の相手だ。

「どういうことですか。なんでこれしか練習試合が入ってないんですか」

思わず田中部長に食ってかかると、相手は何を怒っているのかわからないといった体《てい》でのんびり言った。

「この時期は県大会がありますから……どこも予定が組みにくいですし……。ここの学校とは……いつもやってますから……」

「いやいや、同じ学校とばっかりやっても意味がないでしょう。レベルもうちと変わらないし。格上の学校とどんどん組んでいかないと！」

先日の公式戦で、俺は完全に味を占《し》めた。

やはり百の練習より一回の本番である。くわえて、試合後に相手監督を質問攻めにするのも非常にいい。俺に不可能な分野は、他の監督さんにお任《まか》せしましょう計画だ。

「お言葉ですが、若杉《わかすぎ》先生……強豪《きょうごう》はすでに予定はいっぱいですし……うちを相手にしてくれるところなんて、そうそうありません……」

「でも全部ダメってことはないでしょう。足を延ばせばあるはずです。なんなら県外だって」

「県外……」

ゆうちゃんこと田中部長はかなり渋《しぶ》ったが、押しに押しまくってお願いした。

おかげで、ゴールデンウィークはもちろん、週末はほとんど練習試合で埋まった。県外遠征も一度した。試合はやっぱり負け続けたが、試合後は生徒を相手の監督のもとへ行《い》かせ、話を聞かせた。度胸《どきょう》も礼儀も鍛《きた》えられるし、生《なま》の言葉を聞いて自分でひとつひとつ噛《か》みしめ、考えたほうが、糧《かて》になる。

その反省点をまとめて翌日のミーティングで公表、それを基に互いに相談しながらメニューを組んで一週間練習。そして週末はまた試合。

「すげーな、ほんとに高校野球の監督してんじゃん」

久々に会った幼なじみの融《とおる》にも感心されたぐらい、俺はけっこう頑張ってきたと思う。

自分でも、びっくりしている。

自分が選手だったら、やっぱり小学生の時みたいに、面倒になっていたのではないかと思う。今、俺が夢中になっているのは、生徒たちがすごい勢いで教えを吸収していくのが、面白いからだ。あと、俺のノックが上達するにつれ、守備がうまくなっていく気がするのも、ちょっと嬉《うれ》しい。

俺がちょっと頑張れば、彼らはその何倍も頑張って成長する。それが、たまらなく嬉しい。自分で言うのもなんだが、教師という仕事は、天職なんじゃないだろうか。

チーム状態は、悪くない。ただのルーティンだった練習も、各自目的意識がだいぶ出てきたし、声も出てきた。前は、中村《なかむら》が悪目立ちしている状態だったが、今はそれぞれ声をだしている。やっぱり、練習試合をたくさんして、強いチームほどしっかり声が出ているのを見て、思うところがあったらしい。

いいことだ。

練習にかかる時間が長くなって、俺はユンケルが手放せない生活になってるけど。うん、いいことだ。クマはとれないけど。

五月末の中間考査の間は練習はなかったが、試験の運営を担当する教務部としては、これもなかなかの地獄だった。そして考査が終わったら終わったで、さらに長いデスロードが待っている。

体育祭、教育実習、ボランティア活動、芸術鑑賞、ＰＴＡ総会と、六月はイベントが目白押しで、さらにわずか一ヶ月後にはもう期末考査が迫っている。それらの準備、運営の全ては教務部の仕事だ。

初出勤の日に感じた予感は的中し、俺は毎日午後十時過ぎまで学校に残っていて、それでも終わらなくて家に仕事を持ち帰ったりしているせいで、ドリンク剤と蜜月中《みつげっちゅう》である。

眠い。体が重い。

今日提出しなければならない書類があったせいで、昨日はほぼ徹夜だった。今日は午後の授業は六限だけだから、昼休みあわせて一時間は仮眠をとれそうだ。というか、とらないとヤバイ。

「んじゃー、この真核生物の核内にある転写の開始を助けるタンパク質。ハイわかる人ー」

黒板に書き込んでいた手をとめて、振り返って呼びかける。しかし挙手はゼロ。うん、知ってる。

皆がハイハイと挙手するクラスは少ないが、この二年四組はいつも通夜《つや》かよというぐらい反応がない。というか、みんな寝てる。

自分の経験上、一番眠いのは昼食後の五限だが、集中が切れるのは昼食前の四限目なんだよな。化け物なみの食欲をもつ高校生なら、空腹で死にそうになっているこの時間、むしろ動物性タンパク質を今すぐ摂取したいよな。

言っておくが、俺だってそうだ。だけどフラフラになりつつ、教壇に立っているわけですよ。だったらおまえらも爆睡してないでちょっとは頑張れ。

「いないのか？　じゃあこっちから指名するぞー」

ぐるりと教室を見回す。

窓際《まどぎわ》の後ろから二番目の席には、月谷《つきたに》がいる。頬杖《ほおづえ》をついた恰好《かっこう》でお休み中だ。

さらに、その斜め後ろ。

一見ボサボサに見えて、実は細心の注意を払ってラフさを演出している髪型の生徒。名前は笛吹《ふえふき》だ。踊り出したくなるような名前のこいつは、寝てはいない。が、ずっと携帯をいじっている。おまえ、バレてないと思ってんのか。それともバレてても別にいいのか。このやろう。

野球部顧問《こもん》になって二ヶ月。腕をあげたのは、ノックだけじゃない。

短くなったチョークを指に挟む。

教壇から少し離れて、セットポジション。生徒たちがぎょっとした顔をするがかまうもんか。相変わらず、目をちらともあげないボサボサ頭めがけて、チョークを放る。

その瞬間、笛吹は顔をあげた。と同時に、さっと左へ避《よ》ける。

「げっ」

思わず声が出た。今の渾身《こんしん》の一球、まさか避けられるとは思わなかった。こいつ反射神経と動体視力《どうたいしりょく》すごいのか？

額《ひたい》につきささるはずだったチョークは、ボサボサの頭の横を通って、後ろのロッカーに当たって落ちる。けっこう派手な音が響いて、月谷も起きた。

「ちょ、先生なんすか。危ないじゃないすか」

　笛吹は目をつり上げて俺を睨《にら》みつけた。もともと垂れ目だから、つり上げてもあんまり怖くない。

「次は携帯に当てるぞ」

「マジかよ。つかチョーク投げとか昭和《しょうわ》じゃねっすか。これだから野球部はな〜」

「チョークあるかぎりチョーク投げは廃《すた》れない。教師がいるかぎりチョーク投げは生き続ける」

「いや何かっこいいこと言おうとしてんの？　しかも滑ってるし救えねえ」

「ご託《たく》はいいから、答えは？」

「えーと……きほん、てんしゃいんし？」

　笛吹の視線の先は、頬杖をついたまま斜め後ろを向いた月谷だ。

「合ってるけどなんで疑問形なんだよ！　つか月谷、寝てたくせにちゃっかり答え教えてんじゃねえ！」

　今度は大きくふりかぶる。寝起きでボケてたのか、わざとなのか、月谷の側頭部にみごとに白球ならぬ白チョークがヒットした。

「危険球退場っすよ〜先生」

頭をチョークまみれにして笑う我らがエースは、いつも通り飄々としていた。腹が立つ。

ぐだぐだな授業がようやく終わり、俺は昼寝に思いを馳《は》せながら教室を後にした。俺は寝る。誰がなんと言おうと寝るぞ。昼飯もとりあえず後だ。

「あっ監督、ちょっと～」

大股《おおまた》で職員室に向かって歩き出した途端、声をかけられた。たったいま授業をしてきた四組の教室から小走りでついてきたのは、瀬川《せがわ》である。

「……なんだ。質問か？」

思わず不機嫌《ふきげん》な声になってしまった。瀬川がちょっとびっくりした顔をして、眉《まゆ》を寄せた。

「えっと、授業のことじゃなくて、部活のことなんだけど……今いい？」

よくないぞ帰れ。と言えればどんなにいいか。

「いいぞ、なんだ？」

すると瀬川は、ちらっと廊下に目を走らせた。

「ここではちょっと。生物準備室、行ってもいいですか～？」

うわこれすぐ終わらないやつだ。徹底的に俺の安眠、邪魔されるやつだ。

でも俺は、教師である。生徒のために命を賭《か》ける熱血教師ではないが、まあ給料分はきっちり仕事はする教師なのである。まして瀬川は、俺が顧問をしている部活のマネージャーだ。

「わかった。すぐ来るか？」

「じゃ、お弁当もってく」

「おう、いーぞいーぞ」

瀬川はほっとしたように笑って、「すぐ行くね〜」と一度教室に引っ込んだ。乾いた笑いを返して、俺はとぼとぼと廊下を歩く。

まあ、仕方ない。教師にとって、昼休みなんてあってないようなものだ。こうやって生徒が相談だの質問だので押しかけてくるのは、珍しくない。おかげで昼飯を食べられないまま午後の授業に入ることもザラだ。

生物準備室で、コンビニで買った弁当とお茶を袋から取りだしたところで、ノックもなしに扉が開いた。ノックしろ、と叱《しか》っても「ごめんなさーい」で終わるのが瀬川だ。

すでに何度もこの部屋に来ている瀬川は、勝手知ったる様子でテーブルに弁当を広げ、「いただきます」と手を合わせた。べつに太っているようには見えないが、体形を気にしているらしく、弁当の量はずいぶん控えめだ。だが俺は知っている。おまえ三限目にいつも我慢できずにパン食ってるだろ。

「えー先生、コンビニ弁当なのー？　わびしくない？　手作りしてくれる人いないのぉ」

俺の愛するカルビ弁当を見て、いかにも気の毒そうに瀬川が目を細めた。うるさい、その不自然に増量した睫《まつげ》毛ひっこぬくぞ。

「それどころじゃない。毎日家に着くの十二時近くで、朝五時半起床《きしょう》だからな。休日も全部潰《つぶ》れるし」

「うっわ。あたし知ってるー、それ社畜《しゃちく》ってやつでしょー」

「感謝しろよ。それで部活がどうした」

すると瀬川は、いちごオレのパックのストローをくわえた。普通の弁当にいちごオレを組み合わせる感性が俺には理解できないが、瀬川はしばらくちゅうちゅう吸った後、パックを口から離した。

「あのさ、ふっきー、どう思う？」

「ふっきー？」

「笛吹。さっき華麗にチョーク避けてたじゃん」

予想もしなかった名前が出てきて、驚いた。

「部活の話じゃなかったのか」

「部活の話だよ。ね、ふっきー、野球部に戻さない？」

もっと予想しなかった方向に話がいった。

「戻す？　あいつ野球部だったのか？」

「そうだよー。え、部誌見てないの。ゆうちゃんから話きいてないのー？」

非難がましい目に、箸《はし》が止まる。

「すまん、細かい情報は新チームからしか見てない。田中先生は去年の話あんまりしないしな」

瀬川は「あー……」と頷いた。いや妙に納得しているところ悪いが、もともと俺が必死に話ふらないと、あの先生とは会話が成立しないんだよ。

「まあうん、監督も替わったことだし、頃合いだと思うんだよね。ふっきー、すごくうまいよ。なんでうちの高校来たのってレベルだから。最近チームもいい感じだし、加入すれば戦力になるよー。ショートだけど、どこでも出来るよ」

「そりゃ助かるが、やめたんだろ？　理由は？」

「納得いかないからかな」

瀬川は肩をすくめ、ちょっと寂《さび》しそうに笑った。

「もともとあたしたちの代、九人いたんだ。今の三年も、五人いたの。でも、去年の秋に一気にやめちゃったんだよね」

「なんで」

「今の三年生に、たぶん次の主将だろうと目《もく》されていた人がいたの。うまかったし、人望もあった。でも、監督が新主将に指名したのは、中村先輩。一番熱心に練習してて、一日も休んだことないからって。たしかにその通りなんだけど……」

言いにくそうに、瀬川は口ごもった。

前任の加藤監督は、チームワークや、練習を一所懸命《いっしょけんめい》こなすことに、一番の重きを置いていたらしい。勝負の結果は二の次。そこに至るまでどれだけ努力したかが重要なのだ、というタイプなのだろう。

「でも今、だいぶチームも変わったたし。やめちゃった三年生はもう難しいだろうけど、うちらはまだまだ先長いし。やめたまんまだともったいないじゃん?」

「こっちは中途入部いつでも大歓迎だぞ。入りたければ入ればいい」

するとと瀬川は焦《じ》れたように口をとがらせた。

「だからー、先生が声かけてくんないかなって」

「……なんで」

「あいつプライド高いから、今さら自分から戻りたいなんて言えないんですよぉ。繊細な男心ってやつー？」

「気まずいのはわかるが、そこは自分から言わないとダメだろ」

「ふっきーが自分から言い出すの待ってたら、あっというまに三年生になっちゃうよ。もったいないって！」

「他の二年生はどう思ってんだ」

「そりゃ戻ってきてほしいと思ってるよ。声かけてるやつもいるし。ただふっきーが、うんって言ってくれないんだよねぇ」

憂鬱そうにため息なんぞつきながら、右手の箸はすばらしい速さで口と弁当箱を行き交っている。なんでお喋りと食事をこれほど華麗に両立させられるのだろう。女子は謎だ。

「じゃあ駄目じゃないのか？」

「いやほんとは戻りたいんだって！　あたしにはわかるの！　ただ、やめる時にちょっといろいろあって、拗らせてるだけでさぁ」

「何があったんだ」

途端に瀬川の目が泳ぐ。だがここを明らかにしないと、先に進めない。それはこいつもわかっていたんだろう、それほど間を置かずに話を続けた。

「中村さんが主将やるようなチームに未来なんてない、って言っちゃったんだよね。みんな頭に血がのぼってる状態で、売り言葉に買い言葉でついぽろっとって感じだったんだけど」

「……ほう」

「ただ、ふっきーはただでさえズバ抜けてうまくて、本人に悪気はないんだけど結果ひとりで野球やってるみたいになってるところあったから、そんなに強い野球やりたいんならよそに行け、みたいな感じで、たたかれちゃったんだ。それで、中村さんと対立する三年生や、ふっきー派の子たち引き連れてやめちゃったんだよね……」

なるほど。こういうのは、まあどこにでもあることだとは思う。

一人だけド下手、一人だけ異様にうまい。どっちも扱いが難しい。それでもどっちか一人ならどうにかなるが、前チームにはどっちも揃っていたわけだ。加藤監督の苦労が忍ばれる。

解決法に正解なんてない。どういうチームを目指しているかで、まるで変わってしまうだろう。

「それならやっぱり復帰は難しいんじゃないか。他の二年生は、本当に戻ってきてほしいと思ってるのか」

「うん。ただ、月谷とかは、やっぱ口に出しては言えないかな。中村先輩かばって一番ふっきーに怒鳴ったの、月谷だったから」

あの飄々とした眼鏡と、ぼさぼさ頭を並べて思い浮かべる。教室での姿を見ているかぎり、あいつらが怒鳴り合っているところなんてとうてい想像ができない。

「それで俺の鶴の一声で強引に復帰させろってか。そりゃ駄目だ」

俺が首をふると、瀬川は諦めずに食ってかかってきた。

「なんで。先生だってうちの部強くしたいでしょ。あんなに練習試合もいっぱいいれて、他の監督さんのところにもいって、コーチも連れてきてくれてさ」

「箸で人を指すのはやめなさい。そりゃな、勝ってほしいと思ってるよ。だがそれとこれとは別だ」

瀬川は口をへの字に曲げて、うつむいた。視線の先にある弁当箱は、ほとんど空だ。それでも、アルミホイルのカップにへばりついた小魚をつまもうと奮闘する。しばらくして、諦めたのか箸を置き、居住まいを正して俺を見た。

「あのさ。月谷、すごく疲れてんだよね」

「月谷か」

「うん。去年、中村先輩を庇った手前、黙ってバッテリーも組んでるけど。あのままじゃかわいそう。ねえ、いつまで中村先輩を正捕手で使うの？」

空気がぴんと張り詰める。ああ、きたな、と思った。いつかは言われると思っていたんだ。予想よりは少し、早かっただろうか。

「いつって、夏までだよ。三年生は最後だからな」

「監督もわかってるでしょ。捕手なら、一年の鈴江《すずえ》使ったほうがいいよ。肩は中村先輩のほうが強いけど、キャッチングが断然うまいもん。打席でも、こう言っちゃなんだけど、振り回してるだけの先輩より、ずっとチームバッティングに徹してる」

瀬川の言うことは、いちいちもっともだ。

俺も必死にキャッチャーの指導法なんてものを本やネットで勉強して、できることはどんどん試したし、週末に幼なじみの融に頼んでコーチに来てもらったこともある。

中村は、教えたことはちゃんとやる。本当に真面目に練習する。でもなかなか結果に結びつかない。先日の練習試合でも、バッテリーミスが三回あった。中村のキャッチング技術は以前より向上していると思うし、練習中はいいが、試合になるとパニックに陥る傾向がある。ランナーがたまると、かなりの確率で自滅するのだ。

マウンド上の月谷は表情を変えないし、しょげる中村を慰めてはいるが、周囲の空気が白けているのは俺だって感じている。中村だって、そうだろう。練習は相変わらず熱心だが、時々つらそうな顔をする。

「キャッチング、うまくはなっているんだけどな……」

つい愚痴のようにつぶやくと、瀬川は頷いた。

「うん。でも同じ練習してる鈴江のほうがずっと成長が早いじゃん。ミットの音聞いた？すごくいい音させるよ。あの子、自分でもいろいろ研究してるんだよね。月谷も投げやすそうだし」

「……月谷がそう言ったのか」

「ううん。でもわかるじゃん、そういうの。中村先輩、肩は強いしさ、外野に戻せばいいんじゃないかな」

俺が何も答えられずにいると、瀬川は申し訳なさそうに眉をさげた。

「ごめんなさい。ひどいこと言ってる自覚ある。監督から見たら、わがままだと思う。中村先輩がいっそヤなヤツだったらよかったんだけど……すごくいい人で頑張ってるの、わかってるし。でもあたしたちも、欲が出てきたんだよね」

「欲」

「うん。前までは、誰がいくらやらかしても別に腹が立たなかったんだけど。どうせ試合は負けるんだし。でも今ってほら、頑張ればもしかしたらってところまで来てるじゃん？

勝ててはいないけども」

　そうか、瀬川も成長を実感しているのか。それは嬉しい。こいつは相変わらずとろとろした喋り方で敬語も使えないが、マネージャー業はちゃんとやっている。一人で飲み物の準備して、洗濯して、スコアつけてと大忙しだ。その合間に、トスバッティングの手伝いをしてくれたりもする。

　中村ともわりと仲が良くて——というか誰に対しても全く同じ態度だから、毒づきつつも楽しくやっているように見えた。

「だから今は、試合でやらかされるとキツい。毎回じゃない？　あれがなければ勝てたかもって毎回思うの、しんどいよ。中村先輩だって、辛《つら》いと思う」

「試合の勝ち負けは一人で決まるものじゃ……」

「それは体面にすぎないってわかってるよね」

　ぴしゃりと遮《さえぎ》られた。

「あのさ、あたしたち、監督にはすごく感謝してる。最初、野球経験がないって聞いて、すごいハズレきちゃったーって思ったんだけど」

　あ、やっぱりそう思ってたのか。まあ、そうだよな。

「監督すごく努力して練習も一緒にしてくれて、あたしたちの目線に立ってくれていろいろやってくれたから、チームは生まれ変わったと思う。勝敗は関係ない、皆で仲良くってチームから、やっぱ勝ちたいって思うようになったもの。どっちがいいってことじゃないかもしれないけど、あたしは今のほうが好き。野球やってるって感じする。監督、先月の地区予選の時、月谷が好き勝手投げてたこと覚えてる？」

「もちろん。そういや、最近はあんまりしないな」

「あの時、月谷がなんであんなことしたかわかる？」

じっと見つめる茶色い瞳《ひとみ》。試されているな、と感じる。

この二ヶ月で、選手たちの性格はだいたい把握《はあく》した。野球に関してはまだまだだが、一生徒として見るなら、それなりには見えているつもりだ。

「おおかた、どうせ相手が戸城《としろ》じゃボロ負けするに決まってるし、なら真っ向勝負してこてんぱんにやられるより、せっかくだからピッチングの練習させてもらおうってところじゃないのか」

瀬川は笑って手を叩いた。

「正解。そう、最初から勝つことは諦《あきら》めてたからなんだよね。負けて当たり前、打たれてもエラーしても、みんなで笑顔でドンマイって言い合って忘れちゃおう。そして皆で楽しくプレーしよう。それが、うちの野球だった」

「みんな笑顔でドンマイはいいことだろ」

「でも仲良しこよしでエラーをいっさい責めない、なかったことにするみたいな空気は、なんかちがうじゃん。みんなもそう思うようになったんだよ。最近、月谷が試合で普通に投げてるのも、ちゃんと試合として向き合ってるから。欲が出てきたってこと。いいことじゃん？　だから夏は、勝てる布陣《ふじん》で行ってほしいって、本当に思うの」

彼女の目はいつのまにか、切実な色を帯びている。

勝ちたいと願うのは、いいことだ。頑張って練習すれば、それは当然のようについてくる。

もっと楽しんでほしくて、俺なりにやってきた。だが、目を背けてきたひずみは、予想よりはるかに早く大きくなってしまった。瀬川だっておそらく、こんなことは言いたくなかっただろうに、おそらく選手の誰も言えないから、見かねて自分が犠牲になったのだ。

「わかった。よく考える」

俺の答えに、瀬川はほっとした顔をした。

「ありがとう、先生。生意気なこと言ってごめんね」

「生徒は生意気言うのが仕事だ。それにおまえは間違ったことは言ってないからな」

「せんせーホントかっこいいよね！　でもクマすごいよーちょっと寝なよ！」

指で人のクマを容赦なくつついて、瀬川は手早く弁当を包むと、「じゃーねー！」と去っていった。慌ただしい。嵐のようなやつだが、間違いなく空気を読んでくれた結果なのだろう。

生徒に言わせるとは。生徒に気を遣わせるなんて。結局その後、眠気は訪れず、俺は貴重な空き時間をひたすら悶々と過ごした。放課後、重い体を引きずってグラウンドに行くと、もう練習は始まっていた。俺の姿を見て、部員たちが次々帽子をとって挨拶する。ネットのそばでは、プロテクターをつけた中村が座り、瀬川の投げるボールを素手でキャッチする練習を繰り返していた。至近距離から次々投げられるボールをとっては、前に置いた籠にいれていく。テンポはどんどん速くなっていく。以前は疲れると取り損ねまくっていたが、最近はなかなか調子がいい。「構える時は脇をしめろ」と基本中の基本に忠実なあまり、ガチゴチに脇をしめた状態で左右に動いて弾きまくるという悲惨な日々もあったが、今はそんなこともなくなった。

「監督、お疲れ様です！」

俺に気づいて、中村は軽快な仕草で立ち上がった。瀬川も手を止め、「こんにちは！」と笑う。こうしていると、昼休みの出来事が嘘のようだ。

「おー。張り切ってんなぁ」

「もっともっと、捕れるようにならないと。今のままじゃ月谷に悪いですからね」

中村は明るく笑って汗を拭う。流れた視線の先では、月谷が黙々とタイヤを押している。

「おまえはよくやっているよ。やっぱキャッチャー楽しいか？」

「はい！」

「ポサダ好きなんだっけな」

「はい！　うちの部屋ポサダだらけで」

そう言ってから、急に「あ」と何かに気づいたように目を伏せた。

「あ、あの、でも、俺、外野もやってみたいっす。次の練習試合は、その、鈴江にフルでマスクかぶせてみるの、どうでしょうか」

俺は思わず瀬川を見た。瀬川は青ざめて、勢いよく首を横に振る。あたしなにも言ってないよ！　と無言の叫びが聞こえた。

「なんでそう思う？　それに鈴江だって練習試合に結構出してるつもりだが」

「はい、でもだいたい途中交代だし。夏までに何あるかわかんないし、やっぱ一試合フルって経験しといたほうがいいかなって……」

だんだん声が小さくなってくる。いつもの笑顔だが、目は明らかに泳いでいた。

誰かに何か言われたのか。それとも、無言の圧力に耐えられなくなったのか。

突然、猛烈な怒りが沸き上がった。

誰に対して？　決まってる。わかってたのに、本人にここまで言わせるまで放置していた、監督なんぞと肩書きをくっつけた最低のクソ野郎にだ！

「おまえの意見はわかった。検討しておく。でもな、中村」

こみあげる怒りをどうにか押しとどめ、俺は中村の肩に手を置いた。春先より、厚みを増した肩。

「うちの正捕手はおまえだ。それを忘れんな」

中村は目を見開いた。その目がみるみるうちに潤んでいく。

「は、はいっ！」

グラウンド中に轟くような声で、中村は返事をした。肩越しに、瀬川がうつむくのが見えた。

悪いな、瀬川。ええかっこしいな監督で。でも俺やっぱ、言えないわ。中村を外すことはできない。

うまいやつ、才能があるやつが評価されるのは当然だ。それが最も自然な形だろう。だがここは、あくまで高校の部活なのだ。強豪でもなんでもない、ごく普通の。一番努力したやつが報われる場であってほしいと俺は思ってしまう。

瀬川は、俺が頑張ってくれたから欲が出た、と言ってくれたが、頑張ったのは最初に中村に会ったからだ。一番最初に出迎えてくれた。一緒にグローブを選んでくれた。毎日毎日、一緒に白線を引いた。早めに朝練に行った時も、必ず中村は先に来て「おはようございます！」ととびきり元気な挨拶と笑顔をくれた。

一番努力して、一番野球を楽しんでいた。

俺は、そういうやつを評価したい。

月谷と組ませて、夏に送り出してやりたいとどうしても願うのだ。

その願いと、勝てるチームをつくるってことは、決して両立できないことじゃないはずだ。俺は最後まで、どっちも諦めたくはなかった。

4

「若杉先生……精が出ますね……」

背後からぼうっとした声がかかり、俺は文字通り飛び上がった。

部活の生徒を送り出してから職員室に戻り、俺はひたすらパソコンでキャッチャーの練習について検索していた。今までにも何度もやったけど、何か新しい、効果的な方法はないかとしつこく探る。

「あ、ああどうも。遅くまでお疲れさまです、田中先生」

振り向くと、田中先生の生気のない顔のドアップだった。こんな時間までこの人が残っているのは珍しいので、二重の意味で驚く。

「キャッチャーのトレーニングですか……」

「ええ、まあ。こういうの、情報に踊らされてるみたいでよくないとは思うんですが、なんとなくそうせずにいられない気分っていうか……」

「わかりますよ……」

彼は頷くと、隣の机の椅子を引いた。驚き三回目。え、ここ座んの？

「もしかして瀬川から何か聞きましたか」

「いえ……まあ、笛吹のことなどは前から聞いていましたので……わかりますよ。私は一年次、笛吹の担任だったので……」

田中部長は虚ろな目をパソコンの画面に向ける。

「中村の件は……悩ましいですね。こういう問題は、毎年出てくるもんです……」

「毎年ですか」

「毎年、新チームができますからね。昨年のチームは……粒ぞろいだったんですが……やや協調性に欠けてましてね。前任の加藤先生はそれを憂えて、中村を主将に据えたのですが……」

それで部員たちを奮起させるどころか、大量の離脱者を出してしまったってことか。なおかつ自分が三月で異動となってしまったのは、お気の毒だ。しかも後任は、ド素人の若造。加藤先生の胃に穴が空いてなきゃいいが。

「そうだったんですか。こちらの意図が正確に伝わるとはかぎらないし、バランスをとるのは本当に難しいもんですね。中庸たれ、と言われても、子供を育成するのは常に迷いだらけですよねえ」

ああ、どうして努力と能力は比例してくれないのだろう。努力しただけ結果が出るのなら、こんな嬉しいことはないのに。

「ええ。それで、先生は……中村を正捕手のままでいくつもりですか？」

「はい。おかしな話かもしれませんが、むしろ中村は、結果が伴わないからこそ価値があるとすら俺は思っているんです」

「ほう？」

田中先生の目に興味の光が灯る。

俺は子供のころ、勝利至上主義になったチームについていけなくて、野球をやめた。ノリが合わないと嘯いてはいたが、本当のところは、一緒に入った幼なじみとの間に決定的な差があることをすでに自覚していたからだ。

どれだけ必死にやったって、俺はこのチームでは生き残れない。融はたぶんレギュラーになれるだろうけど、俺は無理だ。子供心にも、はっきりとわかった。

でも、そう認めるのが悔しくて、なんで急にあんなスポ根ノリに変わったんだよと文句を言って距離を置いた。

それからは、全てが中途半端。中庸。ド平凡。

何かにぶつかって、痛い目を見るのはもう厭だ。だから、越えられそうにない線が見えたら、すぐに撤退してしまう。

だけど中村は、その線がない。見えない線に何度手ひどく弾かれても、何度も何度も突進していく。それはすごく無謀で、愚かな挑戦かもしれないが、そこまでさせる情熱の、なんと強靭なことか。傷だらけになっても、好きなものを丸ごと抱えて離さない執念の、なんと強固なことか。

俺は、あのどこもかしこも丸いキャプテンに、完敗した。平凡という逃げ道にうずくまってぬくぬくと過ごしてきたんだろうと、手ひどく殴られたのだ。

凄まじい才能だ。誰もが持ちうるものじゃない。人生、ああいう力が必要な時はきっと来る。あれは、他の生徒にとっても、どでかい見本になってくれる。

あいつがあれほど情熱と能力に差がある選手でなければ、俺はこの二ヶ月ここまで必死に部を育てようとしなかったと思う。

熱にあてられて、煽られてここまで来た。こいつと、このチームを、なんとかして勝たせたい。結果を出してやりたい。その一念で、ここまで来た。

「二年生には、我慢を強いることになるかもしれない。でも、言葉は悪いが、あと二ヶ月も待てば、彼らの時代が来るんです。それまでは、一番頑張ってきたヤツに花を持たせてやってほしいとどうしても思っちまうんです。こういうのも贔屓になるんですかね」

「いいえ……ちがうと思います……。しかしこういうことに……正解はありません」

「まだ二ヶ月弱あります。今の状態でもチームを勝たせる方法はあるはずです」

「はい。私も……微力ながらお手伝いいたします」

「それは助かり……えっ？」

俺はぎょっとして田中先生を見つめた。え、今お手伝いって言った？　いつも俺がものすごく頼まないと、野球部のお仕事あんまりしてくれない人が？

俺があんまりじっと見ていたからだろう、田中先生は困ったようにちょっと笑った。うわ、笑えたんだこの人……。

「出過ぎたことを言いました。申し訳ありません」

「あっいえとんでもない！　非常に嬉しいですし助かります！　ただ、今までどちらかというと、あまり野球部の活動を好まれていないように見えたので……」

やばい。よけいなこと言ったかも。せっかくやる気を出してくれたのに、責めてるっぽい響きはよくない。どうにか取り消そうと焦っていると、先生はあらぬ方向をむいて、

「臆病だったのでしょうね」とつぶやいた。

「臆病？　先生がですか？」

「少々、昔語りになりますが。もう二十年前になりますか……今の若杉先生ぐらいの年には私も、ある公立校野球部の監督をしておったんです」

「は」

驚いたどころじゃない。監督？　この人が⁉　いやちょっと一言も聞いてないよ⁉

「あのころは荒れた学校も多くて……私の学校もそうでした。恥ずかしながら私、教師が不良を更生させるような少年漫画やドラマがたいそう好きでしてね……憧れて教師になったようなものなんです」

恥ずかしそうに打ち明ける田中先生に全力で頷く。いや、わかりますとも。そういうシチュエーション、教師なら一度は憧れると思う。でもまさかこの先生もそうだとは思わな

かった。一気に親近感増したじゃないか。

「自分が彼らを更生させて、甲子園につれていくと……当時は燃えていたんです。最初はてんで相手にされませんでしたが、私も体力がありましたから、なめられちゃならんと非常に厳しくしましてね……一年生が三年生になるころには、それなりにはなったんです。組み合わせに恵まれたこともあって……新チームが秋の県大会でベスト４まで残ったんです」

「ベスト４！　すごいじゃないですか！」

いくら組み合わせに恵まれたにしても、運だけではベスト４は無理だ。田中部長の手腕はかなりものだったのだろう。

心から感心して身を乗り出したが、田中先生は悲しげに首を振った。

「生徒の努力のおかげです。ですが当時の私は、自分の手腕だと思い上がりました。ベスト４になって……その時は、関東大会も埼玉開催でしたので、ベスト４までは関東大会に出られたんですよ。そうなりますとね、世界が変わります。今でも忘れられません。準決勝に負けて、悔し涙にくれながら球場から出ましたらね……スポーツメーカーの営業がズラリと並んでいるんですよ」

「どういうことです？」

「自分たちのメーカーの道具を使ってほしいってことです。宣伝になりますから。昨日まではは予算がなくて、ボロボロのボールをひとつもなくさぬよう大事に使っていたというのに、一夜にして世界が変わったんですよ。そこで、私も部員も……学校もみな、欲が出ました。関東は初戦敗退だったんですが、やはりベスト4は大きくて、翌年にはそれまでは考えられなかったようないい選手が入ってきたんです。もうこの代で必ず甲子園に行くんだと、夢中になりましてね。それまで地道に頑張ってきた上級生も、もちろん大事にしているつもりだったんですが……やはり偏っていたんでしょうね」

田中先生はため息をついた。さっきから驚きの連続だ。経歴もだが、その気になれば普通の速度でも喋れるということに。

「荒れた学校ですから、難しい家庭の子も多かったんです。なげやりで自分に自信がなくて、でもそういう子供たちが野球で自信を取り戻したはずなんです。彼らが野球に懸ける思いは、私が思うより、はるかに強かったんです。でも私は、勝利を優先させた。そして夏、一番私を慕ってくれて、一番努力してきた三年生を、ベンチから外したんです。苦渋の決断でしたが、勝ちたがってた彼なら、きっとわかってくれると思っていたんです」

中村の笑顔が浮かんで、胸が痛くなる。俺には言えなかった言葉を、この人は言ったのだ。でもそれも、間違いなどではないはずだ。

「その時は彼も、応援を頑張ると明るく言ってくれたんですがね……。試合の前日でした。傷害事件を起こしましてね。私もバットで殴られました。大きな事件になりました。逮捕された彼は、はっきりと、嫌がらせでやったんだと言いました……」

喉が、ひゅっと鳴った。全く予想していない展開だった。

「野球部はもちろん出場停止で……私もその翌年には異動になり、数年後に廃部になったと聞きました」

足の上で組んだ田中先生の手が、かすかに震えている。

「私はすっかり恐ろしくなりました。彼らをそこまで追い詰め、あんなにも好きだった――ほとんど唯一のよりどころだった野球を捨てさせてしまったんです。あの子の未来も、そして他の選手たちの未来も潰してしまった。私の熱意が間違ってたから、そうなったのです」

「いや、田中先生が間違ったとはとても思えませんが。逆恨みじゃないですか」

先生はゆっくりと首を横に振った。

「こういうことに正解はありません。ですが、もっと彼らの心に寄り添うことができたはずなんです。途中まで手塩にかけてその後放り出しておきながら、甲子園に夢中でフォローもおざなりでした。教育者失格です。二度と野球に関わるまいと思いましたし、異動先から打診されることもありませんでした。ですが三ツ木に来たら、当時を知る加藤先生がいらっしゃいましてね。部長として野球部をもう一度見守ってくれないかと言われまして、何度か固辞したんですが最後は根負けしました。三ツ木の野球部ならば、昔のようなことはあるまいと思ったんですが……去年の大量離脱で、苦しむ先生を見ましてね。やはり正解なんてものはないんだなと思いまして、私はどうしても野球部に近寄ることができなくなってしまったんです」

田中先生はそこまで語ると、疲れたように息をつき、目を閉じた。

俺は、何も言うことができなかった。

もし俺が、中村にそんな形で裏切られたら。ぞっとする。きっと体の痛みよりも、心が痛くてたまらないだろう。後悔と人間不信で、教師なんてもう怖くて続けられないんじゃないか。そう思うと、目の前にいる幽霊みたいな先輩教師が、とんでもない人に思えてきた。

「今回の件も……どちらが正しいということはないと思います。先生は、こちらを選ばれた。であれば……私はできるかぎり、下級生のフォローにまわりましょう」

あ、口調がゆっくりに戻った。でも表情は、見慣れたものよりだいぶ柔らかい。

鼻の奥がつんとする。改めて俺は、今まで途方に暮れていたんだなと思い知った。理解してくれる人がいるというだけで、こんなにもほっとしているのだから。だから俺は、思いのたけをこめて頭を下げた。

「ありがとうございます。よろしくお願いします」

「月谷のことでしたら……大丈夫ですよ。彼は逆に、中村を捕手から下ろすと聞いたら反対するでしょう。あの子なら、逆に中村をうまく使いこなすぐらいの度量はありますから。安心してください」

「は、はあ」

そういうの、ちゃんと見てわかるものなのか。というか、わかっていたならもっと早くいろいろ助言くれたらよかったのに！　と叫びたい。仕方なかったのはわかっているけど。

「おっしゃりたいことは……わかりますよ。それに関しては、まことに申し訳なく思っております……」

……俺、何も言ってないんだけど。そんなに顔に出ていただろうか。

「いや、申し訳ありません。素人の監督なんて、きっと見てられなかったでしょうが」

「とんでもない。若杉先生がいらしてくださって……本当によかった。素人、とおっしゃいますが、だからこそいいのだと思います。今の視点を……どうか、なくさないでいただきたい」

今度は田中先生が深々と頭を下げた。

だからこそ、か。額面通りには受け取れないが、田中先生が何度も言うように、正解はないのだろう。毎年問題が起きて、毎年ベストの解決法もちがって、でもそれはやってみないとわからない。去年みたいに失敗することもある。

でもそうやって何度も繰り返していってはじめて、セオリーってのは、できていくんだろう。

今の時点で俺が選べるのは、ひとつだけ。来年のチームはちがうかもしれない。不安は山ほどあるが、こうしてベテランの味方ができたのは、ものすごく心強い。なんかちょっと、幽霊っぽいのはあれだけど。

俺たちは夜の職員室で、どうぞよろしく、いやいやこちらこそ、と互いに頭を下げ続けた。この不毛なお辞儀合戦は、教頭が胡散臭そうに「何やってんだ」と言ってくるまで延々続いたのだった。

＊

大ホールは、大変な熱気に包まれている。

見渡すかぎり、坊主、坊主、坊主。ものすごい光景だ。

なにしろ、ここには県内の全高校野球部が勢揃《せいぞろ》いしているのだ。大所帯《おおじょたい》の野球部は部員全員を連れてくるわけではないが、うちのような弱小校はもちろん全員強制参加だ。

「うわーすげーっすねー！」

「これニュースで見た！　ほんとすっげーなー」

一年生組が興奮気味にあたりを見回している。

夏の高校野球埼玉《さいたま》大会の組み合わせ抽選会《ちゅうせんかい》は、毎年六月下旬にこの「市民会館おおみや」大ホールで行われる。中継はないが、地方ニュースや新聞で毎年映像や写真が流れるので、見知っている者も多いだろう。

去年まではまったく高校野球に興味がなかった俺ですら何度か見たことがあるから、高校野球に憧《あこが》れていたやつらなら、もっと鮮明に覚えているはずだ。

「あんま乗り出すなよ、あと津島《つしま》、また鼻血出すなよ」

苦笑して一年坊主をたしなめてはいるものの、じつは俺も静かに大興奮している。

いやホント、去年までは全く興味がなかったんだよ。だけど、いざここに入るとすごいよ。俺、これだけ大量の坊主頭見たの初めてだわ……。なんか、坊主頭の海で溺《おぼ》れる夢とか見そう。

ここにいる全ての球児が、来月から始まる地方大会で、甲子園という黄金の椅子《いす》を巡って火花を散らすのだ。そこに自分も参加するということが、いまいち信じられない。

しかも監督。

大事なことだからもう一度言う、高校野球の監督。

やばい、なんだかムズムズしてきた。

「こういうところに来ると、やっぱり勝ちたくなるなぁ」

ぼそっとつぶやくと、隣に座っていた月谷が笑った。

「ですよね。やっぱり勝たないと意味ないですよね」

「まあ結構、いけるんじゃない？　最近、練習試合でも勝てるようになってきたし……。組み合わせで、いきなり東明《とうめい》とか広栄《こうえい》とかと当たらなければ」

「そこらへん来ちゃったらもう、さすがに諦めるしかないですね」

埼玉の絶対王者・東明学園やそれに続く私学四強あたりが来たら、さすがにちょっと勝ち目はない。

だが彼らはみんなシード校だし、いきなりぶち当たる確率は低い。

今年こそは初戦突破の悲願を果たしたい。組み合わせに恵まれれば、三回ぐらいは勝てちゃったりするかも。それが、我が部のささやかな願いだ。

夢はでっかく甲子園、と言いたいところだが、さすがにそれは厳しすぎるので、ひとまずいけるところまでいきましょう。正直な俺の演説に、部員はもとより、保護者からも笑いが巻き起こったのは記憶に新しい。

五月の末、少しゴタついた時期もあったけど、それを乗り越えてからは、ますます練習は厳しくなった。練習試合は相変わらず負けるほうが多いけど、それでも時々勝てるようになったし、負けるにしても以前のような大敗はなくなった。

俺たちはたしかに、強くなってきている。そのはずだ。

あともう少しで期末考査が始まって、それが終わればいよいよ夏の大会。甲子園なんて高望みはしないが、一日でも長く勝ち残りたい。

戦いは、すでに今日始まっている。

「あとはキャプテンのくじ運を祈るのみ！」

俺の言葉に、三ツ木野球部の面々はいっせいに手を組んで、祈りを捧《ささ》げた。おい誰だ、般若心経《はんにゃしんぎょう》唱えてるやつ。あと隣からなんか祝詞《のりと》みたいなのが聞こえるんだが、気のせいか。

俺たちの目の前では、今まさに我が部のキャプテンが籤《くじ》を引くところだった。

引いた籤の番号をこちらに見せて、ステージの奥に張り出された組み合わせ表に「三ツ木高校」のプレートがかけられる。

その横には、すでに他校のプレートが――。

「うわあああああ！」

「ぎゃあああああああマジかよおおおお！」

途端に、一帯は阿鼻叫喚《あびきょうかん》の地獄と化した。

周囲の学校からは、なまあたたかい視線が向けられる。かわいそうに、と、俺たちじゃなくてよかった、が半々てところだ。

三ツ木高校の校名が入ったのは、あろうことかシードの場所だった。

そしてその隣にいるのは、燦然《さんぜん》と輝くAシード。

甲子園出場二十回以上というモンスター級の記録を誇る、東明学園様だった。

「キャプテン、こらー‼　あとで覚えとけよー！」

「いや待てある意味、めっちゃ運いい！　逆に考えるんだ、ここ勝っちゃったら優勝じゃないかって！」

「あっはっは東明だってー！　ないわー！　ちょーないわー！　東明アハハ」

「おい、おまえら、ちょっと落ち着けよ……」

俺もさすがに茫然《ぼうぜん》としたが、パニックに陥《おちい》る前に部員たちのメーターが振り切れてしまったので、ちょっと冷静になる。ちなみに、田中部長は完全に放心していて、足下には般若心経が落ちていた。あれ、あんただったのか……。

ひとまずお経を拾って、硬直した手に握らせるのは難しかったので膝《ひざ》に置き、ステージに目を向ける。

明るいライトを浴びて、とんでもない籤を引き当ててしまった強運の我らがキャプテン――中村が、なんだかやたらと嬉しそうな顔でこっちを見て笑っていた。

甲子園からの道

1

山ガールなんて言葉ができたのは、いつだっけ。

私はずっと海派だったから、山なんてまるで興味もなかった。生まれも海の近くだから夏休みはしょっちゅう家族で海に出かけたし、東京《とうきょう》に出てきた大学時代だって毎年どこぞの海に出向いてて、これからもずっと海派だと思ってた。

でも、今年八月。

泉千納《いずみちな》、社会人一年目にして宗旨替《しゅうしが》え。晴れて、山にデビューいたしました。

まっさらの初心者なら、まずは高尾山《たかおさん》あたり？　地元に帰れば、愛宕山《あたごやま》とか御嶽山《おんたけさん》とかかな。筑波山《つくばさん》は遠足の定番だったなあ。

でも残念、そんな優雅なもんじゃない。

山ガール風にファッションとか言ってる場合じゃない。

なんせ私のデビューは、アルプスだ！

「泉ー、山登り行ってこい！　山浦《やまうら》の家族だ！」

キャップの指令が飛ぶと同時に、弾丸スタートダッシュ。恰好《かっこう》はグレーのTシャツにコットンリネンのロングパンツ、コンバースのスニーカー。これで急勾配《きゅうこうばい》を一気に駆け上がる。

見渡すかぎり、人、人、人。あたり一帯、薄い紫に染まっている。みんな同じTシャツを着て、揃《そろ》いの帽子をかぶって、やっぱり同じ色のメガホンをもっているからだ。

そう、ここは阪神甲子園《はんしんこうしえん》球場、内野席と外野席の間を占めるスタンド席。通称「アルプス席」だ。

出場校の大応援団の指定席である。野球部の部員はもちろんその保護者、OB会、吹奏楽《すいそうがく》部、一般生徒や教師たち、べつに関係ないけどくっついてきた地元の人たち。

夏の全国大会が始まってから、私は文字通り朝から晩まで、このアルプスを何度も駆け上がっている。

我が蒼天《そうてん》新聞東京本社が、この甲子園に送りこんだチームは三人。高校野球班の松崎《まつざき》キャップ、今年三十三歳のベテラン田崎《たさき》さん、そして新人記者・不肖《ふしょう》わたくし泉千納。

甲子園の大会にかぎっては、大阪《おおさか》本社が指揮を執《と》って、東北《とうほく》や北海道《ほっかいどう》支局からも応援は来るけれど、東京本社からはこの三人だけ。そして、この三人チームの中で、アルプス駆け回るの、私だけです！

この通称「山登り」は、甲子園デビューを果たした新人なら誰もが通る道だ。本塁《ほんるい》後ろの記者席には、キャップとベテラン記者がこもっているけど、私たち新人の主戦場は、カンカン照りのこのスタンド。今みたいに、無名の補欠《ほけつ》くんが代打《だいだ》で登場して、起死回生のタイムリーなんて打ってしまったら、各社新人がアルプスを駆け巡る。

ああ、あれは祥日《しようにち》新聞。関東《かんとう》スポーツもいる。狙《ねら》いは同じ。必死の形相《ぎようそう》だけど、みんな微妙に足があがってない。とくに関スポ。あの人たしか昨日、「昔やった膝《ひざ》がやばい」って言ってたような。大丈夫か。

主催の朝日《あさひ》とか大手の新聞は、全国に支局をもっているから十人以上のチームを送りこんでくるけど、うちみたいなスポーツ紙は少人数でまわしているのだ。関スポも規模は同じぐらいだから似たようなもんだろう。毎日だいたい同じメンツでアルプス縦走《じゆうそう》しているから、数日もすれば、挨拶《あいさつ》する時も妙な連帯感が滲《にじ》んでしまう。

しかも今日は、第一試合から荒れて、長引いた。ただいま第三試合中だけど、これまたすごいシーソーゲームで、点取ったら取り返すの繰り返し。延長戦に入って、どっちもばんばん補欠出して総力戦になってきたので、もう私、この一時間でどれだけ走ってるかわからない。

しかもいちばん日差しがキツい真っ昼間。四十度いってるんじゃないの、と疑わずにいられないこの熱気がなければまだマシなんだろうけど、いいかげんに足にキている。

　デッドヒート（ただし皆死にかけてて遅い）を勝ち抜き、試合前に話を聞いた保護者会会長のもとにまっさきに辿《たど》りついたのは、幸いにも私。やった。でも立ち止まったら、足が生まれたての子鹿みたいに震えてるんですけど。

「山浦さんのお母さんなら、そちらだよ」

　私が尋《たず》ねる前に、ロマンスグレーの会長は笑顔で紹介してくれた。お礼を言って、小柄《こがら》でふんわりした印象の女性に突撃する。

「こんにちはっ、蒼天新聞です！　息子さんの逆転タイムリー、素晴らしかったですね。いっ、今のお気持ちっ、うかがってもいいれしょか?」

　後半ちょっと息切れしたのと噛んだのは許してほしい。

　ぜいぜい言いながら、他社の新人も辿りついた。私のうしろでフラフラしつつメモをとっている。ああ、関スポくんが途中で力つきている。強敵《とも》よ、おまえは頑張った。

「なんやもう、ほんま夢みたいな……」

　東北の学校だけど、山浦くんのお母様は、バリバリの関西弁《かんさいべん》だった。珍しいことじゃない。この保護者席の半分ぐらいは、関西弁で喋《しゃべ》っている。

「ずっと補欠やったあの子が、まさかこんな大舞台で打つなんて……。甘ったれで寂《さび》しがりやでね、一人でちゃんとできてるか心配やったけど、レギュラーなれへんでも一度も愚《ぐ》痴《ち》は言ってこおへんかったんですよ。あれやねえ、野球の神様て、ほんまにいはるんやねえ……」

山浦くんのお母様は胸がいっぱいらしく、これだけの言葉を何度もつっかえて、涙を流しながら言った。周囲の保護者からも、あたたかい拍手《はくしゅ》が起こり、「皆さん、おおきに。ありがとうございます」とお母様は何度も頭を下げた。

うっかりもらい泣きしそうになりながら、せっせとメモをとる。

こういう瞬間、私はほんとうに、記者になってよかったと思うのだ。

甲子園は、それまでほとんどスポットライトが当たらなかった子が、一瞬にしてヒーローになってしまう場所。でもそれができるのは、ものすごく頑張ってきて、しかもその中でもとびきり運のよい子たちだけなのだ。

突然、嵐のような大歓声を受けて、主役の座に躍《おど》り出た選手たちに取材をする瞬間も、大好きだ。喜びと誇りに顔を輝かせ、でもちょっと照れくさそうに話す彼らは、とってもまぶしい。いろんな葛藤《かっとう》や涙を乗り越えて、ただひとつのことをがむしゃらにやってきた人の姿は、いつだって美しい。

だけど私は、甲子園に来て、そういう子たちの親御さんの話のほうに、より心を揺さぶられるようになった。

ここの学校は、全国から――とくに関西からの特待生《とくたいせい》を多く募《つの》って、甲子園の常連校となった。やっぱり高校野球には、どうしても心情的に公立至上主義みたいなところがあるから、野球留学生でかためた学校は「外人部隊」なんて呼ばれて、地元でもいい顔をされないことが多い。私も高校時代はやっぱり、金にあかせて選手を集めるなんてフェアじゃないって思っていたし、蒼天新聞に入社して各校の取材についていくようになってからも、やっぱりどこかで、地元の選手だけでプレーする学校に肩入れしちゃうところは否《いな》めなかった。それでキャップに怒られたこともあったっけ。

だけど、夏の大会予選で、試合のたびにスタンドを埋めて、必死に応援している親御さんを見てると、自分の小ささが恥ずかしくなった。

たとえば山浦くんのお母様なんて、試合のたびに、関西から東北まで試合に駆けつけていたという。山浦くんはベンチ入りはしてたけど、試合に出られるかもわからないのに、毎試合行っていたそうだ。それは、彼女だけではない。親はたいていそうだ。

我が子に少しでもいい環境を与えたい、晴れ舞台に立たせてやりたい。親だったら、そう思うのは当たり前。野球留学するぐらいだから、山浦くんは中学時代、地元ではすごい選手だったんだろう。だけど、こういう学校には、すごい選手ばっかり集まってくる。一織《いちし》烈《れつ》な戦いに敗れてめちゃくちゃ悔《くや》しかっただろうに、それでも「もしかしたら」という縷《る》の望みで血反吐《ちへど》はきそうな練習を続けて、お母様たちもやっぱり、もしかしたらという思いで声を振り絞って応援する。

そういう努力が、最高の舞台で報《むく》われる瞬間。

選手を包む奇跡は、我が子を信じて、全身全霊でサポートを続けてきた家族にも最高の夢を与えてくれる。

みんな、もう本当に幸せそうな顔をするのだ。今が人生の頂点みたいな。

我が子とはいえ、他人のためにそんな顔ができるって、すごいことだとしみじみ思う。

この晴れ舞台は、本当に多くの人たちの支えがあってはじめて成立するものなんだ。

だから今は、外人部隊なんて素晴らしいじゃないかって大声で言いたい。確実に勝とうと思ったら、そして選手も夢の大舞台に立とうと思ったら、そうなった。ただそれだけのことだもの。

私は、山浦くんが今までやってきたことや、お母様だけが知るエピソードをいくつか訊《き》いて、お礼を言ってその場を離れる。

「蒼天さーん」

階段の途中で膝をさすっていた関スポくんが、うるうるした目で私を見た。

「ああはい、要点だけ話すね」

たったいま聞いたばかりの情報をかいつまんで話すと、彼は両手を合わせて拝《おが》む仕草をした。

「ちゃーんし！　恩に着る」

ちゃんし、とは、ありがとうの意味だ。なぜそうなったのかはわからないけど、記者どうしで情報のやりとりがあった時なんかはよく使われる。

「いいって。昨日は私が教えてもらったし」

このあたりは、スポーツ系の特徴だろうなぁ、と思う。

一般紙の社会面や、スポーツ紙でも芸能関係なんかは特ダネ争奪戦になるけど、スポーツ——とくに高校野球はちょっとちがう。

特ダネはもちろん嬉《うれ》しい。だけど、それより大事なことは、特ダネの逆、特オチをつくらないことだ。つまり、他の新聞のほとんどに載っている情報が、自分のところだけには載っていないという、恐ろしい事態。

ありがちなのは、強豪校《きょうごうこう》の監督人事だろうか。そういうのは、学校側はなかなか喋ってくれないものだけど、たいていOB会あたりから漏れてくる。他の新聞がいっせいに次期監督の名をあげているのに、うちだけないとなったら、報告書は当たり前。社長からの呼び出しまでセットだ。

松崎キャップやベテラン勢の特オチの恐れようはただごとではないので、私は必死で駆けずりまわることになる。この大会の間は、選手たちよりもはるかにOB会と会う時間が多くて、とにかく顔を売り、名刺を配り、話を聞く。おかげで、試合内容はよく把握していないことが多いぐらい。

甲子園大会のような巨大かつ長期の大会では、限られた人数で同時にあっちこっちの情報を拾わなければいけないから、どうしても零《こぼ》れるものがでてくる。だから、他社の記者との連帯が大事になってくるのだ。

同じネタでも、書きようによって全く印象は変わるし、そこは記者の腕しだい。私は、こういう人もの記事を任《まか》せられることが多くて、そのへんは徐々にキャップにも認めてもらっている――と信じたい。

「それにしても膝、大丈夫なの？　高校の時にやったんだっけ？」

膝をかばいながら階段を降りる記者に、手を貸してやる。相手は礼を言って、苦笑した。

「そう、俺キャッチャーだったんだけど。ある日突然、歩けなくなってマジで焦《あせ》ったわ。普段はなんともないんだけど、まさか甲子園でこれとはねー」

「まだ大会半分あるよ、誰かと交代してもらったほうがいいんじゃないの」

途端に記者の目がつりあがる。

「冗談！　せっかく甲子園記者に選ばれたのに！　泉さんもわかるっしょ」

「まあ、そりゃね」

新人のうち、甲子園記者に選ばれるのはたった一人。それはどこも似たようなものだと思う。七月の地区大会で成果をあげた者だけが、この聖地に来ることができるのだ。

いろいろあったけど、同期五人の中で選ばれた時は、本当に嬉しかった。

ここに来る選手たちや、見守る家族たちにとって、甲子園はゴールだけれど、私たちにとってはスタートなのだ。

甲子園記者はこの一夏で、大きく成長する。はずだ。

同期の中で大きくリード、でも試合と同じでそんなのいつひっくり返されるかわからない。

全国の強豪が集まるこの聖地で、どれだけたくさんの経験をして、どれだけたくさんの人と縁を繋《つな》ぐか。時間は有限、一瞬の停滞《ていたい》も許されない。

「でも体は資本だから無理はしないでよ」

「サンキュ。明日も俺のかわりに走ってくれると嬉しい」

「それは図々しい。だったらとっとと交代しなよ」

ひでえ、と泣き真似《まね》をする彼は、明日は意地でも走るだろう。

私たち、来年もまたここで会えるといいんだけど。

残念ながら、山浦くんがいる学校は、負けてしまった。

十二回表に彼の一打で逆転したけれど、その裏で走者一掃打たれてサヨナラという結末だった。

ちょっと胸が痛いけど、しんみりしている余裕はない。この時間、ベンチ裏は最も過酷《かこく》な戦場となる。

「田崎は負けチーム監督マイク、泉は負けチームズーム！　かかれ！」

キャップの声に、田崎さんはベンチ裏にすっとんでいき、私は大急ぎで記事にかかる。記事をつくるのに担当はそれぞれ決まっていて、たとえば今回は田崎さんが負け監督のインタビューで、私は負けチームズーム——つまり「人もの」の原稿を書く。勝ち監督マイクや、勝ちチーム焦点《しょうてん》（こっちはチームものでちょっと長め）は今回、大阪組の担当なんだろう。

だいたい七回ぐらいには試合の展開がわかるので、ここで担当の割り振りがされるんだけど、今回は大接戦の延長戦で最後まで試合の展開が見えなかったもので、大混乱だ。すぐにインタビュー始まっちゃうし。

「キャップ、ズームは山浦くんでいいですか？　代打の」

「山浦なー」

松崎キャップはボールペンの背でこめかみをごりごり突いた。穴があきそうな勢いだ。

「あのまま勝ってたらそれでいいが、結局逆転されてんだ。やっぱあれだろ、コーチャーやってたキャプテンあたり」

「彼ですか。……わかりました」

負けたチームのキャプテンは、県予選の後に捻挫《ねんざ》して、レギュラーから外れてしまったそうだ。それでもコーチャーとしてグラウンドに立ち、延長十二回最後まで仲間を叱咤《しった》し続けた姿は、たしかに感動的だった。

ここまでぎりぎりの接戦でなければ、もしかしたら最後に、思い出づくりに代打で出してもらえたかもしれないけど、彼は結局、最後まで打席に立つことはなかった。サヨナラ負けの後は、涙も見せず、泣き崩れる仲間を気丈《きじょう》に励まし続ける姿が本当に素敵だった。試合前にもちょっとインタビューさせてもらったけど、絵に描《か》いたような優等生のキャプテンで、しかもなかなかのイケメンで、勝ち続けたら人気でるだろうなぁ、と思ったものだ。応援に来ていたご両親と弟さんにも話を聞いたけど、まあ本当によくできたお子さんでした。

総合的に考えて、彼を中心に書くべきというキャップの指示はその通りだと思う。

でもたぶん、どの新聞もそうくると思うんだ。

キャプテンは、なんだかんだヒーローであり続けた一人だ。きっと今までも、いっぱい取り上げられることがあったと思う。だったら、こういう時こそ、ずっと日の当たらないところで黙々と努力し続けた子を取り上げてもいいんじゃないか。

だって、高校球児の大半は、まさにその「日の当たらないところで黙々と努力をし続ける」子たちなんだ。そしてその子たちの背後には、ものすごくたくさんの人たちの献身《けんしん》がある。今日一瞬ヒーローになった子たちの輝きを――とか未練がましく考えてたら、キャップの三白眼《さんぱくがん》に睨《にら》まれた。

「おい泉、またよけいなこと考えてんだろ」

「うっ」

「ったくおまえは、すぐ取材対象に流される。そんなんじゃ身がもたんぞ。とにかく売れなきゃ話にならん。あのキャプテンは結構幅広い層に人気があるんだ、他に選択肢はないぞ」

わかってます。キャップの言うことは全面的に正しいです。

取材の時、私はとにかく多くの選手に話を聞くことにしている。試合の後も、レギュラーだけじゃなく、控《ひか》えの子にも、時間の許すかぎり満遍なく。

私は野球経験がないから、技術的なことはなにも書けない。だから、それ以外のところで勝負するしかない。キャップもそう思って、私を甲子園につれてきてくれたんじゃないかな、と思ってる。

だけど、私が書きたいものと、キャップから求められるものは、ことごとく食い違う。おまえは甘い、肩入れしすぎだといまだによく言われる。

わかってはいるのだ。だけど、他にはない「いい記事」を書こうと思うと、つい目が王道から外れてしまう。

特ダネを求めるのではなく特オチをつくるな。ごく普通の記事を書けるようになってから、個性なんてものは考えろ。まずは基礎だ。

口を酸っぱくして言われているのに、この「ごく普通」が本当に難しい。甲子園に来ると特にだ。だって皆が皆、特別なのだから。

急いで記事をまとめて提出したころにはもう、第四試合に出場するチームが揃っている。選手たちに取材できる時間は、試合前練習の十分間ぐらい。私たちはまた弾丸のようにグラウンドに飛び出していく。

この試合、ある選手のコメントだけは、なんとしても取りたい。キャップからも、これだけは何がなんでもとれって言われているから、昨日から気合いを入れていた。

大急ぎで行くと、すでに目当ての選手は何人かに囲まれている。

埼玉《さいたま》代表・東明《とうめい》学園の二年生エース、木暮《こぐれ》くんだ。私はこの夏、予選でたまたま東明学園の初戦を担当することになったのがきっかけで、東明の試合にはちょくちょく出向かせてもらっている。偶然に偶然が重なったおかげで、木暮くんともちょっとしたメル友状態だ。そういえば、そもそも初戦の取材を割り振られた時、キャップに「木暮の LINE の連絡先をゲットしてこい」って言われたんだっけな……。

地区大会の初戦をコールドで勝利した東明は、その後も危なげなく勝ち進み、準決勝の戸城《としろ》高校相手に手こずったものの、決勝も大差をつけて優勝を決めた。

一年の秋からエース候補として頭角をあらわしてきた木暮くんは、夏の大会の後半は絶好調で、うちの新聞にはもちろん、メディアによく取り上げられるようになった。おかげで今も囲みがすごいことになっている。

記者やカメラマンの人垣のうしろから、飛《と》び跳《は》ねてアピールする。ああ、こういうときおのれの身長の低さがほんと憎い。

でも、木暮くんは、気づいてくれた。今日の調子や、相手の攻略について、聞かれるままによどみなく、すごく無難で優等生的な答えを返していた背番号1が、モグラ叩《だた》き状態の私を見て、口許《くちもと》をほころばせた。

「こんにちは、泉さん。暑いですね」

親しげな声に、囲んでいた記者たちが振り返る。いやそんな、何コイツみたいな顔されても。

「暑いですねー。いよいよ初戦だけど調子はどうですか？　県予選では絶好調でしたけど」

「維持していますよ。ベストな状態です」

「それは楽しみです。相手は名門の久地《くじ》高校で、強打者が揃ってますが、対策はばっちりですか？」

「誰が相手でも、自分の球を投げるだけですよ」

はい、優等生回答。全く真意の見えない微笑《ほほえ》みつき。

取材慣れしている木暮くんは、何を訊かれても無難なことしか言わない。

「久地も木暮くんの対策ばっちりしてきたらしいよ。癖も全部わかっているって自信満々だったけど」

某社《ぼうしゃ》のベテラン記者がちょっと揺さぶるけど、木暮くんの表情はまるでブレない。

「それは怖いですね。心してかかります」

あ、これ全然怖いと思ってない。そりゃ木暮くんだって、相手をめちゃくちゃ研究しているに決まってるよね。

だからといって、緊張しないというのはまた別の話だけど、強豪校のレギュラー、とくにエースと呼ばれるような選手たちは、メンタルそのものがもう一般人とはかけ離れているとしか思えない。もともと心臓に毛が生えている子もいるけど、たいていは、それだけの場数を踏んできたからだ。

でも今日の久地高校は怖い相手だ。今の時代には珍しく、代々超がつく打撃優先チームで、とくに四番の選手は一年生の時からホームランを量産している怪物だ。甲子園に来ると、怪物と呼ばれる選手だらけで何がすごいのかわからなくなるんだけど、この四番はたしかにすごい。予選決勝の映像と、今年のセンバツの映像を見ただけだけど、素人目《しろうとめ》に見てわかるほどスイングが速くて重い。ブンブン振り回すだけじゃなくて、選球眼《せんきゅうがん》も良くて、コースの欠点があまりないのだ。

そしてこの子のフォームを何度も見ているうちに、私は強い既視感《きしかん》に襲われた。

「久地の四番、益岡《ますおか》くんと結構かぶるんだよなー」

記者たちの怪訝《けげん》そうな目に、私は口を押さえた。心の中でつぶやいたつもりが、声に出てた。恥ずかしい。

「ああ、泉さんも思いましたか。さすが」

木暮くんは嬉しそうに笑った。今までの張り付いたような笑みではなくて、ほんとに嬉しそうな顔だった。

益岡くんというのは、埼玉大会準決勝で東明が対戦した学校の選手だ。公立の強豪校で、ここまでほとんどの試合で逆転勝ちをしてきたという、勢いに乗りまくっているチームだった。

その逆転の核となっていたのは、終盤ここぞという時に登場する代打の益岡くん。そして代走《だいそう》の須藤《すどう》くんのコンビだ。

この益岡くん、それまでの代打成功率百パーセントというとんでもない化け物だった。それもそのはず、去年までは県を代表するスラッガーで、プロのスカウトもわんさか来ていたという。腰の故障《こしょう》で一時はかなり厳しい状態だったんだけど、リハビリを頑張って、一試合一打席だけってことで復活したのだそうだ。

準決勝、九回裏２－１、東明リードの場面で、益岡くんは打席に入った。ツーアウト、二塁には、バントで送ったランナーがひとり。ここで益岡くんにヒットを打たれると同点は確実。そして益岡くんが出塁すれば、これまたバカ高い盗塁成功率を誇る須藤くんが代走に入る。三塁だろうが本塁だろうが果敢《かかん》に盗んでいく彼の足は脅威《きょうい》だ。

益岡くんは、木暮くん相手に十六球も粘《ねば》った。すごい勝負で、最後は彼がカットするたびに、球場からどよめきがあがっていた。私も、一球ごとに心臓が飛び跳ねそうになりながら見守っていた。

こっちは緊張で死にそうだっていうのに、私は見てしまった。

木暮くんは、マウンド上で笑っていた。

それまでどんな場面でも眉《まゆ》一本動かさなかったエースは、十球目をカットされたあたりから、口許を緩《ゆる》ませた。そしてとうとう、楽しくてたまらないといった顔で、十七球目を投げたのだ。

「益岡っていうと戸城の？　懐《なつ》かしいな、去年は関東でずいぶん騒がれてたっけね。そうか、東明とあたっていたか。彼と似てる？　じゃあ彼みたいに軽くひねれるかな？」

記者の一人が身を乗り出す。こういう時、ネタになりそうな挑発的な言葉を引き出そうとする記者は、一定数いるものだ。私の迂闊《うかつ》なつぶやきのせいで、いらない面倒を木暮くんにかけてしまった。申し訳ない。

「益岡には相当苦労しましたよ。本当に手強《てごわ》い打者でした。ひねるなんてとんでもないですよね、泉さん」

「えっあっうん。すごい熱い対戦だった！　あれは埼玉で語り継がれる名勝負だと思う」

いきなり水を向けられて、思い切りタメ口で答えてしまった。

十七球目で、木暮くんは益岡くんにみごとに勝利した。この夏、益岡くんのはじめて凡《ぼん》退《たい》に終わった打席は、空振《からぶ》り三振だった。

球場中からため息がもれたけど、私はものすごく感動してしまった。益岡くんはちょっと笑って天を仰《あお》いで、木暮くんはただじっと、彼を見ていた。私の目には、どっちも、すごく満足しているように見えたのだ。

「そう言ってくれると嬉しいです。もちろん実際に久地と対戦したことはないので、本当に益岡と似ているかはまだわかりませんが、楽しみにしてきたのは事実ですよ。全力を出し切って、いい試合にしたいと思います」

木暮くんは挑発にも乗らず、きれいに締めてくれた。さすがである。東明は、マスコミ対策の授業でもやっているんだろうか。

その後も木暮くんは質問攻めにされ、全て無難に返していた。いかん、これだけで五分とってしまった。お礼を述べて離れて、他の選手にも話を聞く。これは第四試合だから、試合後に選手に話を聞く時間はない。今のうちに一人でも多く聞いておかないと。

一言二言しか聞けないけど、もうすでにみんな顔見知りなので、わりと気軽に話してくれるのはありがたい。むしろ私のほうが緊張していて、笑われたぐらいだった。

取材終了時間までばたばた走り回って、記者席に引き上げる時、さっきの某社ベテラン記者がぼそっと言った。

「女は得だよなァ」

ちらっと目を向けると、男はおどけたように手を振った。

「あっごめん聞こえちゃった？　ごめん、心の声〜」

聞こえるように言ってるくせに、何コイツ。黙って笑顔で通り過ぎようとしたら、たたみかけるように言われた。

「やっぱり美人だとみんな喜んで話してくれるでしょ。蒼天さん、女性社員は顔で選んでるって噂《うわさ》、ほんとだったたんだなぁ」

は？　そんな噂聞いたことねーよ。と、心の中で吐き捨てつつ、顔は菩薩《ぼさつ》モード。

「初耳ですねー」

「戦略として正しいよね。うちも見習わないとなぁ。木暮が自分から話しかけるなんて初めてみたよ」

「あはは、地区大会でよく取材に行っていただけですよ」

「いやあ、それだけじゃないよね。俺も君みたいに若くて美人だったら、もっとラクだったのに残念だ。監督も美人好き多いからね、これから君にくっついていけばいろいろいいネタ拾えるかなぁ」

「……」

あ――――うっぜえええええええええ！

全力で叫びたい。でも悲しいかな、こういう手合いには慣れている。

大半の記者は、気の良い人たちだ。でもやっぱり一定数、こういうのはいるんだよね。どこでもそうだと思うけど。

女だと得？　若くて美人ならラク？　バカも休み休み言えってんだ。

あのね、女だと最初ものすごく警戒されるのがデフォなんですけど？　相手は仮にも思春期の男子だぞ？　まあ頭の中はピンクなことでいっぱいなのは弟いるからよくわかってるけど、だからこそ普通はものすごく線引きするじゃないか。その線の前でじたばたしながら、男どうしの気安さでどんどん踏み込んでいく同期の姿とか見て、私がどれだけ羨《うらや》ましいと思ってたかわかってんのか？

仲良くなれば、監督や選手もみんな親切に話してくれるけど、そうなったらそうなったで、セクハラかましてくるヤツもいる。テレビのインタビューとかではすごくキリッとしている名監督が、当たり前のように触ってきたり、目線が露骨《ろこつ》に胸に固定されていた時なんか、結構ショックだった。しかもそれ以外はほんとに熱心な監督さんだったりするから、ほんと泣けた。

いいチームだったしもっと取材したかったのに、そういうセクハラに我慢できなくて、同期に頼み込んでかわってもらったことだってあったのに。

女性記者はみんな、多かれ少なかれ経験していることだと思う。当たり前だけど高校野球は完全なる男社会だから、これぱっかりは慣れるしかないのだ。でも腹は立つんだよ。

汗じみのできたポロシャツの胸ぐらつかんで、青びょうたんみたいな顔に怒鳴りちらしてやりたかったけど、ぐっとこらえて、私はとっておきの笑顔をつくった。

そうだ、木暮くんを見習え。あの子はどんな挑発にも絶対に乗らないじゃないか。

「ヤダー美人だなんて、ありがとうございます。お上手！　今日も暑いけど、お互いがんばりましょうね ー！」

相手があっけにとられているうちに、大股《おおまた》で歩き去る。

ま、美人と褒めてくれたことは心に留《と》めておいてやろう。嫌みだとしても！

ただでさえ暑いのに、こんなしょうもないことで熱くなる必要はない。どうせこの後の試合で、もっともっと熱くなるんだから。

2

ホテルの扉を閉めるなり、足から力が抜けた。

扉に背をつけて、ずるずるとしゃがみ込む。

「やばいなぁ。私も足かなりキてる」

というかこれ、ちょっと脱水症状ぎみなんじゃないだろうか。グレーのTシャツをつまみ、その惨状《さんじょう》に顔が歪《ゆが》む。汗かきすぎて、塩ふいちゃってる。すごい恥ずかしい。

でもこれでも一度、着替えてはいるのだ。

なにしろ私たちは、朝六時半には球場入りしている。第一試合出場校の練習が七時から始まるからだ。それで毎日、夜九時すぎまで球場にいる。とくに私はほぼずっと炎天下《えんてんか》。最初は薄い黄色のTシャツを着ていたんだけど、第一試合がすごく長引いたから、第二試合のあと、一度着替えたのだ。それでもこれだ。

「もう一枚、着替えもっていくかなぁ。はあ、もう洗濯がおいつかない」

一瞬でも着ているのがいやで、なんとか気合いで立ち上がり、Tシャツを勢いよく脱ぎ捨てる。冷房の風が素肌にあたって、気持ちがいい。

クローゼットには着替えのTシャツとポロシャツ、パーカー、パンツがずらり。去年の私からは考えられない服ばかりだ。

学生時代は全体的にキレイな恰好《かっこう》が好きで、化粧だって毎日ちゃんとしてた。でも就職して一ヶ月目で、それまで愛用していたパンプスやミュールは、黒いシンプルなものをのぞいて全部実家に送った。かわりに買ったのは、それまでほとんど縁が無かったスニーカー。ごくシンプルなパンツとTシャツ、カットソー。

毎朝念入りにつや出ししていた自慢のロングヘアは、今じゃ毎日ゴムで適当にくくられているし、化粧なんかどうせ速攻で汗で流れ落ちるから全然しない。毎朝SPF50の日焼け止めを三回重ね塗りしてるけど、塗り直している時間なんて全然ないから、炎天下じゃあ本当にただの気休めでしかないんだよね。おかげで私いま、人生史上もっとも黒い。たぶん、大学時代の友達が見たらびっくりするだろう。

シャワーを浴びて、ざくざく洗濯して、ものすごく適当にお肌のお手入れ。そして帰りにドラッグストアで買った湿布《しっぷ》を貼りまくる。

そこでようやく、晩ご飯。スポーツニュースを見ながら、湿布のにおいに包まれつつビールと焼き肉弁当をかきこんで、歯を磨けばもう十一時。ベッドに横になって、ようやく携帯を手に取る。通知が結構たまっている。

眠いけど、ざっと確認。その中で目立ってホラーなプロフィール写真があって、手をとめる。

『お疲れさまです。今日も暑かったですね。木暮《こぐれ》の取材はどうでしたか？　途中まで完全試合ペースだったそうですが』

貞子《さだこ》みたいなホラーなプロフィール写真にそぐわぬ、丁寧《ていねい》な言葉。

記念すべき、初の高校球児LINE友である月谷悠悟《つきたにゆうご》くんだ。先月、甲子園《こうしえん》記者めざして奮闘《ふんとう》していた私が、東明《とうめい》学園の取材に出向いた時に出会った投手である。

東明の取材に行ったはずの私は、対戦相手である弱小公立校・三ツ木《みつき》高校のエース月谷くんにすっかり魅入《みい》られてしまったのだ。木暮くんと同じ二年生、同じ左腕《さわん》。球速は木暮くんとは比べものにならないけど、コントロールがよくて、やたらいろんな球種をもっていて、なによりマウンド度胸がすごかった。東明相手に一歩もひかず、四回まではゼロで抑《おさ》えていた時には、球場中がざわついていた。

結局その後はつるべ打ちをくらって七回コールドゲームになってしまったけど、試合後、私は東明ではなく、まっすぐ彼のインタビューに向かったほどだ。

彼とは、それ以来のつきあいだ。

もっとも、地区大会初戦の後で直接会ったのは、まだ一回きり。大会の時期は私も関東《かんとう》中を飛び回っていて全く時間がとれなかったし、甲子園の直前に一度なんとか時間をもぎとって、三ツ木へ取材に行っただけだ。

でも、LINEは頻繁《ひんぱん》に飛び交っている。現代に生まれてよかったとつくづく思う。とくに目立つところのない公立校って、なかなか取材にも行かせてもらえないから、すぐ縁が切れてしまう。ネット万歳《ばんざい》だ。

『お疲れ〜。木暮くんはインタビューでも毅然《きぜん》としてたよ。見てた？』

『録画をさっき見ました。絶好調でしたね。俺たちとあたった時よりはるかにいい』

すぐに既読即《きどくそく》レス。

全国大会が始まってからは、私が死にそうになっているのを察してあまりLINEを寄《よ》越《こ》してこなかったけど、今日は木暮くんが出る日だから、がまんできなかったらしい。

月谷くんに聞くまで、たぶん誰も知らなかったと思うけど、月谷くんと木暮くんは幼なじみなのだ。

『木暮くんにメールした？』

『しました。でも返信ありません。たぶん沈没してますね。泉《いずみ》さんは送りました？』

『おめでとうって一応。あ、返信きてた』

『マジで？　俺の既読スルーですよ。差別だ』

泣いてる顔文字つき。

木暮くんの返信は、『今日は取材ありがとうございました。来てくれて嬉《うれ》しかったです！　試合前に泉さんと話せて、だいぶ緊張も和《やわ》らぎました』と絵文字満載《まんさい》で書いてあった。

木暮くんは、マウンド上やインタビューでは本当にクールなんだけど、メールではわりとお喋《しゃべ》りだ。

『今日は返信する余裕ないと思ってたんですけど、あいつ本当に泉さんのこと気に入ってますよね』

『いやいや仕事のお礼って感じだもの。落ち着いたら、月谷くんには本音満載のメールがいくだろうし。月谷くんは今日も練習？』

『今日は練習試合が二本ありました。一勝一敗ですよ。新チーム、まだまだですがやる気はあります。また今度お話ししますので、落ち着いたら、ぜひ一度来てください』

『もちろん！　エース兼キャプテンのじきじきのお誘いなんて、行かないわけにはいかないよね。監督さんやみんなも元気？』

返信を打ちながら、タブレットを操作して写真フォルダを呼び出す。画面に映し出されたのは、先日の取材で撮った集合写真だ。

新主将《しんしゅしょう》となった月谷くん率いる新チーム、そして、生徒の一人ですと言われても信じてしまいそうな若々しい若杉《わかすぎ》監督。その隣に、気恥ずかしそうな私がいる。

この写真を撮ってくれたのは、引退したばかりの前主将・中村《なかむら》くんだ。彼も一緒に撮ろうと何度もお願いしたんだけど、「俺はもう引退しちゃったから」と頑《かたく》なに首を縦《たて》にふらなかった。いつもニコニコして、すごく素直ないい子だけど、若杉監督いわく、一度言い出したら絶対にきかないんだそうだ。

ただもしかすると――私のせいかな、とちょっと思うところがある。

私は、この日の二十日ぐらい前に行われた三ツ木と東明の試合について記事を書いた。三年生の中村くんにとっては、高校生活最後の公式戦だ。

あの試合について、東明はもとより、敗者である三ツ木に触れている記事も多かった。そのほとんどが、野球経験のない青年監督と、二人しかいない三年生の努力について書かれたものだったけど、私の記事だけは違った。なにしろ、月谷くんと東明のエース木暮くんが幼なじみで密《ひそ》かにライバルと目《もく》しているということを知ってしまったので、これはまだ誰も知らない、これ以外に何書けってのよ！　と鼻息も荒かった。

おかげで私の記事は採用された――といってもキャップによって全て書き換《か》えられていたけど、字数はかぎられているから、他のことはほとんど書けない。だから、月谷くんの取材の後で、監督や中村くんにも話はたくさん聞いたんだけど、記事では全く触れられなかったのだ。
月谷くんは、翌日私の書いた記事をチームみんなで読んだって言ってたから、中村くんも、蒼天《そうてん》新聞だけは自分のことにいっさい触れてないことに否応《いやおう》なく気づいただろう。中村くん的には特オチになるのかな。若杉監督は、「そういうこと気にするヤツじゃないから」って笑ってたし、実際そうなんだろうとは思う。だから多分これは、私の罪悪感が勝手につくりあげた話なんだろう。

どの試合でも、本当はどの選手もヒーローなのだ。いいかげんにやってきた子もいるだろうけど、ほとんどの子は、最後の夏に向けてがむしゃらにやってきた。

でも、取り上げられるのは一握り。

昔から、どうしてメディアはいつも同じ選手ばっかり取り上げるんだろうという不満はあった。実際、蒼天新聞にもそういう文句はたくさん来る。高校野球での商業主義はけしからん、もっと満遍《まんべん》なく選手をとりあげるべきである云々《うんぬん》。未《いま》だに私が割り切れずにぶつぶつ思っていること、そのまんまの意見がこの時期はとくにどしどし来るのだ。

気持ちはよくわかる。だけど私は、自分の中の矛盾《むじゅん》にも気づいてる。

今日の試合は、わかりやすく受けやすいキャプテンの記事より、山浦《やまうら》くんの記事を書きたいと思った。

そのくせ、三ツ木の試合では、中村くんよりも、月谷くんと木暮くんの関係を迷わず優先したのだ。あの時の私は、これは特ダネみたいなもの、確実に採用されるという喜びしかなかった。

結局は、そういうことなのだ。私もしょせんは、選別して、平然と切り捨てる側《がわ》にいる。仕事だから当たり前のことなのに、時々その矛盾に胸がつかえてしまうことがある。とくに今日みたいに、ちょっとへこんでいる時なんかは、衝動的に思い出して頭をかきむしりたくなるのだ。

体の中にたまった靄《もや》を吐き出すように、私は声に出してため息をついた。カラになったぶんを埋めるように、冷蔵庫につっこんであったビールを開けて、一気に流し込む。そうしているうちに、また通知音が鳴った。

『元気ですよ。そういえば先日、監督が幼なじみだという人を連れてきてくれて、臨時コーチをしてくれました。監督も一緒にノック受けてて笑えましたよ。監督、ノック打つほうは上達しましたけど、守備はサッパリなんですよねえ』

月谷くんの返信に、笑いが漏《も》れる。

選手と一緒に守備練《しゆびれん》している若杉監督。容易に想像ついてしまう。きっと、愛ある野次《やじ》を受けながら、ひーひー走り回っていたんだろう。

若杉監督は、野球経験がほとんどないのに、今年異動してくるなり野球部の監督にさせられてしまったという気の毒な人だけど、未経験者というあたりで親近感がわく。

でもあの人の、未経験者であることを前面に出した、相手監督との交渉を知った時には、目から鱗《うろこ》が落ちる思いだった。

私は入社以来、同期の中でただひとり野球の経験がなかったことを恥じていた。その上、妙なプライドも絡《から》んでいろいろ拗《こじ》らせてしまっていたんだけど、若杉監督は「知らないものは知らないんだからしょうがない」とばかりに堂々と、相手の監督や選手を質問攻めにするのだ。

おまえに野球の何がわかる、と言われるのが屈辱《くつじょく》で、とにかく知識だけは必死につめこんで、虚勢《きょせい》をはっていた私とは、えらい違いだ。

若杉監督は、俺はもう開きなおってるからと口では言うけど、裏では猛烈に勉強して、泥《どろ》まみれになって生徒と一緒に練習して、全力で野球をさせてやりたいと願っているのがすごく伝わってくるから、他の監督さんも快《こころよ》く教えてくれるのだろう。自分に足りないものを素直に認めて頑張る人っていうのは、それだけで他人の心を揺さぶるものをもっている。

今年の地区大会は初戦で敗退して、それからすぐ新チームを指導して夏休み返上で練習しているらしいけど、きっとこの一ヶ月で、チームはもちろん、監督もものすごい勢いで成長しているんだろう。彼の姿を見ていると、経験がないことなんて、なんの言い訳にもならないんだなと実感する。

私が三ツ木高校に興味をもったのは、月谷くんがきっかけだけど、彼だって、若杉監督になってから、ずいぶん意識が変わったと言っていた。

あの時、三ツ木に惹《ひ》かれた自分の嗅覚《きゅうかく》、ちょっと褒《ほ》めてやりたいぐらいだ。不思議だけど、その時に出会うべくして出会うものって、人生の節目《ふしめ》に用意されているんだよね。

『目に浮かぶ〜。甲子園が終わるころには、若杉監督も守備職人になってたり』

『ぜひその目で確認してください。みんな泉さんに会いたがってました。テレビでも、インタビューの時とか目を皿にして探してるんですけど、あいにく誰も見つけられなくて』

『私ほとんどアルプスにいるからね。でも木暮くんのインタビューは行ったよ。ああいう場所でも全く緊張していないように見えるのは、さすがだよね。あーでも月谷くんも、甲子園のマウンドに立っても平然としてそう』

『そんなことはないですよ。甲子園なんて、テンパるに決まってます。木暮だって、毎度吐きそうになるって言ってましたから』

『うそ、全然そんなふうに見えない』

『かっこつけですからね』

他愛《たわい》ないやりとりが続く。体は疲れているのに、文字を追うごとに、胸の中にわだかまっていたものが霧散《むさん》していくのが不思議だ。

月谷くんを皮切りに、球児のメル友は増えた。今は携帯も、重要な情報源だ。私が木暮くんとメールをやりとりするようになったのも、月谷くんがきっかけだし。

でも、やっぱり最初の一人というのは、なんだか特別なのだ。

私は、月谷くんのおかげで、自分の中でまったく消化できていなかったぐちゃぐちゃに気がついた。あれからもやっぱり悩みは多いけど、あのとき彼からもらった言葉を携帯で確認するたびに、力が湧《わ》いてくる。

そういう存在に、一年目にして出会えた私は、とても幸運なのだろう。

返信を打っている時に、今度はメールの通知音が鳴った。時間を見ると、なんだかんだ十二時近い。明日も早いからそろそろ寝るね、と送った後でメールを確認すると、同期の鳴瀬《なるせ》からだった。

『生きてる？　入稿モロモロかんりょー。久しぶりに終電前に帰れる』

疲れ果てた顔文字とビールの絵文字つき。

最前線は甲子園だけど、本社も戦場であることは変わらない。この時期は、残留組も終電が当たり前だ。

『お疲れ様ー。生きてるけど山登りキツいです』

『は？　何それ自慢？』

今度は怒りマークつき。私はほとんど絵文字の類《たぐい》使わないんだけど、鳴瀬は使わないほうが珍しい。

『なんでそうなんのよ、ひねくれすぎ。毎日何十往復もしてたらほんとガクガクになるんだって。筋肉犠牲にしていい記事書いてるから』

『今日の無難すぎんじゃないの。あそこのキャプテンとりあげるなら、俺なら地方大会の大ファインプレーにも言及するけどな』

痛いところをついてくる。

『私もそこは迷ったけど、チームメイトの皆がキャプテンへの感謝を次々口にするからさ……』

『おまえ、あれしぶしぶ書いただろ。わかりやすすぎ。本気の時はすぐ思い入れ過剰になるからそれもどうかと思うけど、成長してないなあ。せっかく甲子園に行った意味ないいんじゃね？　つか失礼じゃね？』

「……」

脳筋のくせに。本当にグサグサやってくれる。きっとキャップも皆、私の矛盾なんて気づいているんだろう。平等であろうとすればするほど、偏ってしまうという。

いつかこれが、消化できる日が来るのだろうか。

『けど木暮のは悪くなかったな。木暮が益岡に言及してるのは、関東版でなら喜ばれそうだけど。木暮から益岡の名前出したの？』

『ううん、私が言い出して反応した形。でもそしたら、オッサン記者が絡《から》んできてウザかった。あいつも書くかもね』

『なんだまたセクハラでもされたか。なんならまた俺が行って追い払ってやろうか？』

「えっ」

つい、声が出た。画面を二度見する。

以前、セクハラ監督に私が辟易《へきえき》した時、快《こころよ》く取材を代わってくれたのは、ほかならぬ鳴瀬だ。あの時も、けっこう心配してくれて、あまり評判のよろしくない監督のリストもわざわざ作ってくれたこともあったっけ。

私が甲子園記者に選ばれた時はわりとキレてたけど、最終的には「頑張れよ」と送り出してくれたし、まあ根はかなりいいヤツであることは確かだ。

ちょっとかわいく感謝をこめて返信してやろうかなーと文面を考えていると、またすぐ通知音が鳴った。

『そしたらそのまま俺が居着いて、毎日山登りするけどな。いやむしろそのほうが四方丸くおさまるんじゃね？　泉記者はそれに早く気づくべきじゃね？』

……一瞬、きゅんとした私がバカだった。

ですよね！　あんたそういうヤツだよね！

『結構です！　まだ後釜《あとがま》狙《ねら》ってんの？　無駄ですから！』

『俺、神社の百段階段走ってたから、アルプス程度じゃなんともないし。あと俺ならセクハラ気にしないし』

『そもそもあんたならされないでしょうが！　とにかく交代なんか絶対しません、おやすみ！！！！！！』

エクスクラメーションマークに怒りをこめて、通信を打ち切る。その後でまたメールが届いたけど、もう無視。

アラームをセットして、今度こそ布団《ふとん》に潜《もぐ》り込む。

最後の最後でイラっとしたけど、気がつけば心の靄《もや》はだいぶ晴れていた。

何がなんでも大会最後までしがみついて、東京に戻った時、鳴瀬が悔しがるぐらいむちゃくちゃ成長してやらないと。むしろ、今期大躍進大注目の新人記者として名を馳《は》せてやろうじゃないか。そうだよ、月谷くんとも、いい記事書いて有名になって、それで三ツ木取り上げてwinwinでって、約束したじゃん。

鳴瀬はまあ、センバツにこられるよう頑張ったらいいんじゃないかな。もちろんそっちも私がかっさらう予定だけど。

ふふんと笑って、目を閉じる。たちまち、猛烈な睡魔に包まれる。

おやすみなさい、また明日。

明日もいっぱい、山に登れますように。たくさんの人生に、会えますように。

そしていつか、私だけの、私にしか書けない記事が書けますように。

主将とエース

1

梅雨明《つゆあ》け間近の、ねっとりした空気を、鋭い音が叩《たた》き割った。

打球の鋭さに、思わず息を呑《の》む。

二遊間《にゆうかん》を抜けた白球は、そのまま外野を抜き、フェンスにぶち当たる。わっ、と歓声があがり、打者と塁上《るいじよう》の走者は勢いよくダイヤモンドを駆ける。

「ああ、なにやってんだよ榎本《えのもと》」

クッションボールの処理に手間取っている右翼手《うよくしゆ》に、舌打ちする。どうにか投げた球は中継を経て三塁に行くはずが、いるべきところに選手がおらず、球は中継されることなく内野に転がる。

「ばかやろう、カバー遅い！　アホか！」

「ふっきー、厳しいねえ～」

隣に座る木島《きじま》が、苦笑した。なぜこの場面で笑っていられるのか、そちらのほうが笛吹《ふえふき》には理解できなかった。

「イライラすんだよ、初歩的なミスばっかしやがって。あいつら今までなに練習してたんだ？」

「野球部、夜遅くまでがんばってんじゃん」

「時間だけかけても内容がなけりゃ意味ねえんだよ。これだから、ド素人《しろうと》の監督は」

三ツ木《みつき》のベンチはここからは見えないが、監督はおそらくベンチの前列に立ち、声をかけているのだろう。一塁側の応援席に陣取った、東明《とうめい》学園のみごとなブラバンと、五十名近い野球部員の応援にかき消されて、こちらのベンチの声はまるで聞こえないが、監督はいつも前列に立ち、一番元気に声を出しているのだと聞いた。

野球経験は、小学生のときの一年だけ。ふざけた経歴だが、やる気だけは人一倍で、毎日生徒と一緒に完全帰宅の時間まで泥《どろ》まみれになっているらしい。

――てめえが一緒に泥まみれになってどうすんだよ。監督の仕事はそうじゃないだろ、青春気取ってるつもりかよ。

怒鳴ってやりたい。実際、野球部員の同級生に話を聞いた時は、喉《のど》まででかかった。さすがに、毎日遅くまで練習している相手に言うのは憚《はばか》られたので、寸前でこらえたが。

その同級生は、今まさにマウンドに立っている。連打をくらい、なおかつ味方のエラーも絡《から》んで一気に三点を失ったが、とくに動揺した様子はない。二塁手が駆け寄って何かを言うと、白い歯がこぼれた。

「ヘラヘラしてんじゃねえよ」

　苦々しげに吐き捨てると、木島に「まあまあ」と肩をたたかれる。

「東明相手に四回までゼロに抑《おさ》えたって充分すごくね？　俺、つっきーがあんなマジにピッチャーやってると思わなくて、軽く感動してるわ。一年の時、すぐバテてたじゃん」

「結局つるべ打ちくらってんなら意味ないだろ。あんな小手先《こてさき》の投球でどうこうできる相手じゃないんだよ、東明は。中村《なかむら》はあいかわらずキャッチングひでーし」

　木島は苦笑した。

「そんな言うならふっきーが野球部戻って教えてやりゃよくね？」

「はぁ？　冗談じゃねーよ」

「んじゃ、あんま言ってやんなよ。たしかにふっきーはダントツでうまかったけどさ、野球部やめた俺らが、今がんばってる奴《やつ》らを外野からけなすの、ちょっとかっこわるいかんじするしさー」

　木島は相変わらずへらへら笑っていたが、目はいくぶん冷たい。

　どことなく猿っぽい顔をしていてとにかく口がまわると、クラスでも野球部でも通っていたが、そういう人間がちょっと冷たい顔をすると威力は倍増する。

「けなしてねーよ、批評だよ。ヘタクソをヘタクソと言ってなにが悪い」

「まーそりゃそうだけど。せっかく学校サボったんだからさー、気持ちよく見よーよ」

木島の口調はあくまで軽いが、これ以上怒らせるとまずい。笛吹はむっつりと黙りこんだ。

べつに、学校をサボったのは意図してのことではなかった。

笛吹は遅刻が多いが、その大半が、髪型がうまくきまらないという理由で、今日はもうどうやってもダメだった。笛吹家は母子家庭で、母親は七時には出勤してしまうので、笛吹のセットへの飽《あ》くなき探求を止めてくれるものは誰もいない。HR《ホームルーム》どころか一限も間に合わないのは確実だったし、どうせ期末考査も終わってしまったこの時期は行ったところで代休だの自習だののばかりなので、遅れるならどこかに寄っちまおうと思ったのがきっかけだった。

同じく遅刻魔の木島（こちらは単に朝が異常に弱い）にLINEをしたところ、彼もまだ家にいるというので、もういっそ一緒にサボろうということで私服をもって外に出た。

最初はマックでだらだらしていたが、そのさなかに二人のスマホが同時に震えた。

なにかと思えば、友人の瀬川《せがわ》からのLINEだった。

『もうすぐ東明との試合。めっちゃ緊張！　月谷《つきたに》すっごい気合い入ってまーす』

いつもの明るい声が聞こえてきそうな文面とともに、背番号1のユニフォームが大写しになっている。

いやこれ気合いわかんねーじゃん、とひとしきり笑った後、どちらからともなく「行ってみっか」という話になった。本当に、ただ魔がさしたとしかいいようがなかった。

「うわ、親からめっちゃ電話入ってる。やべーなー、帰ったら死ぬほど怒られる」

さきほどからひっきりなしにうなっているスマホをポケットから取り出し、木島はげんなりした顔をする。

「切っとけよ。親なんか適当にごまかしときゃいいだろ」

「うちうるさいんだよ。はあ、野球部の連中にも、見えてないよね？」

木島はあたりをきょろきょろ見回した。今更だ。

「そもそも県営ってテレビカメラ入ってるぞ」

「あーそうだった」

「大丈夫だ、こんなとこまで映さねーから」

二人がいるのは、三塁側内野席の最上段で、そこそこ人はいる。あまり端に座ると人がいないので目立ってしまうため、それなりに人もいて、グラウンドからもっとも距離があり、カメラの死角になりそうなところを選んだ。

というかそもそも、三塁側が映ることはほぼないだろうと笛吹はふんでいる。

世間の関心は、三ツ木の対戦相手である東明学園にしかない。万年初戦敗退の公立校なんぞ目にも入らないだろう。

木島は「ふっきーも帽子かぶれって」と言ってさらに帽子を目深《まぶか》にかぶったが、笛吹は堂々と顔をさらしたままだ。テレビで顔を抜かれる恐怖よりも、長い時間をかけてセットした髪型が帽子で崩れるほうが彼には一大事だ。

だがそれよりも、さきほど木島に言われた「かっこわるい」という言葉で頭がいっぱいで、カメラだの人目だの気にしている余裕がなかったというほうが正しいかもしれない。

かっこわるい。

そう言われるのが、一番こたえる。

笛吹龍馬《りょうま》にとって一番重要なのは、かっこいいと思われることだった。さいわい、見た目は悪くない。

三ツ木高校野球部は、彼にとって、かっこわるいものの象徴だ。去年の夏まで、自分があそこにいたという過去を消したいぐらいだ。

坊主頭。東明に比べると明らかにぶかぶかのユニフォーム。そして下手《へた》くそなプレー。打たれまくって、なんでもないゴロも打球が強すぎて満足にとれなくて、自分たちが打つ番にまわればバットにかすりもしない。かっこわるい。

そんな状態なのに、誰ひとりあきらめず、めちゃくちゃ楽しそうにプレーしているのは、最悪にかっこわるい。おまえら恥ずかしくないのかよ、なに笑ってんだよ、と怒鳴りとばしたいが、隣の木島が気になって、ぐっとこらえる。

『笑顔』

三ツ木高校野球部の、標語だ。

去年入学してきて、部室に貼り出された標語を見た時、いかにも目標がない部活がつけそうな、だせぇ標語だなと鼻で笑った。

実際、三ツ木の野球部は、まったくごく普通の部活動で、皆で楽しくボールを投げたり打ったりする集団にすぎなかった。それは全く悪くはない。本気で野球をやりたいのなら、笛吹の偏差値でもほかに選択肢《せんたくし》はいくらでもあったし、そんな気がないから家から近い三ツ木に決めたのだ。

最初から帰宅部というのもなんとなくかっこわるいような気がしたので、昔からやっている野球ならば軽く流せるだろうと入部した。

しかし結局、三ヶ月でやめた。

あの時一緒に入った一年生は、九名。二年生は五名いた。

いまだ残っているのは、二年生に進級した旧一年が六名。最上級生が二名。みな、下手クソばかりだ。

だからきっと、彼らはとても楽しいだろう。部内のレベル差もそれほどなく、監督も同レベルで、気楽に泥まみれの青春ごっこをするには最高の環境だ。

三ツ木野球部は最後まで東明の打球に翻弄《ほんろう》され、そして相手のエース木暮《こぐれ》を全く打てないまま、７－０で七回コールド敗北した。

これで、三ツ木の夏は終わった。いつものことだ。ここ数年、三ツ木は春も夏も秋も、初戦を突破できていない。これからもそれは変わらないだろうし、彼らもとくに気にはしないのだろう。

応援席に数名いる保護者へ挨拶《あいさつ》をするために走ってきた部員たちを見て、笛吹と木島はあわてて席を立った。

「ふっきー、俺めっちゃトイレ行きたいんだけど」

「ポカリがぶ飲みするからだ。駅まで我慢しろって」

木島の膀胱《ぼうこう》事情より、関係者に見つかる前に球場から離れるのが先決だ。

「いやそっちじゃなくて、なんか腹ヤバイ。もしかして緊張してたのかな～」

「知るか、駅まで我慢……」

「できません！　ふっきー、俺が道の真ん中でいきなり大惨事になってもいいわけ？　今のままじゃ確実にそうなるから頼む、トイレ行かせて」

青ざめて懇願《こんがん》するので、仕方なくトイレに立ち寄ることにした。だが、試合直後の常として中は大混雑、個室もあろうことかすべて埋まっていた。おまえらそろいもそろって腹ゆるすぎねえか、とイライラしながら待つこと五分以上。ようやく晴れやかな顔で出てきた木島を引きずって、陽光まぶしい外へと足を踏み出した瞬間、

「ふっきー、マキジ、みーつけた」

右側から、聞き覚えのある声に呼び止められる。血の気《け》がひいた。笛吹はそのまま聞こえないふりをして走り去るつもりだったが、木島は「あっ瀬川ちゃん」と笑顔で手を振った。トイレにおいていくべきだったと後悔しても後の祭り。

しぶしぶそちらを向くと、三ツ木高校の制服に野球部の帽子をかぶった女子生徒が、スマホを構えていた。

「はい、サボり証拠確保」

にっこり笑う顔は、どことなく猫っぽくてかわいいと言えなくもないが、今の笛吹には悪魔に見えた。

「ふざけんな瀬川、消せ！」

反射的につかみかかったが、瀬川茉莉《まり》はひょいとスマホを後ろ手に隠した。

「消してもいいけど、一緒に来てね。わかちーが呼んでるから」

「げっ」「まじで」

同時に声が出た。わかちーとは、野球部監督の若杉《わかすぎ》のあだ名だ。

「うそ、わかちー知ってたの？　いつ？」

木島が涙目で詰め寄ると、瀬川は帽子をとって畳《たた》み、うっとうしそうに前髪をかきあげた。

「試合前のノックの時から。ふっきーの髪型ですぐわかったって」

「目ぇよすぎんだろあいつ」

舌打ちする笛吹に、瀬川はわがことのように誇らしげに「わかちー両目1．5」と胸をはった。

「だから帽子かぶれって言ったじゃん、ふっきー！」

「うっせ、おまえが腹下してグダグダしてんのが悪い！」

「はいはい、責任のなすりつけあいは後でお願い。ぜったいに帰る前につかまえてこいって言われて、ダッシュで来たんだからね。マネージャーはまだ仕事あるのにさ！　ここで逃げたらよけい悪いことになるのわかってるよね？　あたしからも末代《まつだい》まで祟《たた》られるよ？」

入り口近くで、一目で女子マネとわかる女子高生にすごまれる、私服の高校生二名という光景は、周囲の格好の注目の的《まと》になっている。非常にかっこわるい。瀬川からの祟りは少しも、本当にまったくこれっぽっちも怖くはないが、笛吹はしぶしぶ彼女についていくことにした。

「よう笛吹、木島。まさかおまえらが応援に来てくれるとはなー！」

若杉監督は、日に焼けた顔に明るい笑みを浮かべて、二人を出迎えた。

野球部の監督をつとめるこの若い生物教師は、今年三ツ木に異動してきたばかりだが、親しみやすい上に授業も熱心なので生徒からも人気がある。背が高く、顔は中の下ぐらいだと笛吹は思っているが、無駄にさわやかなので女子生徒からはイケメン認定されており、非常に納得がいかない。

「ほんとありがとな。ただちょっと気になるんだが、今日は授業あったはずじゃないか？制服はどうした？」

満面の笑みのまま、若杉は言った。笛吹はため息をつき、左肩に片方だけショルダーベルトをかけたリュックを指し示した。

「制服はこの中。それにこの時期、どうせ代休で自習ばっかだし、行ってもしゃーないし」

「ごめん先生。けど、ふっきーどうしても野球部の応援に行きたい、元野球部員としてどうしても大切な夏の初戦は行きたいって言うから！」

木島もここぞとばかりに乗ってきたはいいが、その内容に笛吹は目を剝《む》いた。

「ちょ、おまえなに言って」

「俺、感動しちゃって！　やっぱふっきー、野球部のことすげえ心配してんだなって。東明は応援いっぱい来るけど、うちは誰もいないんじゃあんまりだって言うからさ。だから俺も、一人でも増えたほうがいいならと思ってついてきたわけ！　ね、友達思いでしょ？」

熱く力説している木島の横顔を、笛吹は呆然《ぼうぜん》と見やった。

「そうか、笛吹そんなに野球部を思ってくれていたのか。俺、ちょっとおまえのこと勘違《かんちが》いしてたわ、悪かったな」

しみじみ感動した様子で、若杉は笛吹の頭をなでた。

バカやめろ、セット（所要時間三十分）が崩れる！　反射的に手を払いそうになったが、ここでへたに反抗するのはまずいので、ぎりぎりと拳《こぶし》を握って耐えた。

「笛吹、木島、また野球部に戻ってくれるのか？」

喜色に満ちた声とともに、若杉の背後から、小柄《こがら》な生徒が姿を現した。笛吹は反射的に身を硬くする。野球部主将の中村《なかむら》だ。

「あっ中村センパイ、三年間マジお疲れ様っした！」

能天気な声をかける木島を、笛吹は信じられない思いで見やった。こいつは、去年の出来事をもう忘れているのか？　なぜ平然と声をかけられる？

しかし、動揺する笛吹をよそに、中村は嬉《うれ》しそうに笑った。

「ありがとう、木島。最後まで迷惑かけちゃったけど、皆に助けてもらって、ここまできて本当に感謝してる」

充血した目の周辺は少し腫《は》れている。ここに来る前にも相当泣いたのだろう。もう一人の三年生、香山《こうやま》も同じような状態だった。

「俺と中村は今日引退するけど、二人が戻って、一、二年生を助けてくれたら、こんなに心強いことはないよ」

「笛吹たちはほんとうまかったし、今度の代でなら東明にだってきっと勝てる。甲子園《こうしえん》だって夢じゃないかもな！」

いや、それはないわ。反射的にそう言い返しそうになった笛吹の隣で、木島は「センパイ……」と目を潤《うる》ませている。

「あー。悪いがそういう話はあとだ」

咳払いをして若杉が割って入る。

「とにかく、木島と笛吹がここにいたことは学校に報告しなけりゃいけない。まあ親御さんにはもう連絡いってるだろうから、覚悟はしとけよ」

「えーせんせー、俺ら応援ってことにならないー？」

木島が涙目で言いつのる。

「部員でもないのになるわけないだろ。野球部はちゃんと公欠届出してるからな。さ、これから学校戻るからおまえらも一緒に来い。寄り道されちゃかなわんからな」

「あのう……若杉先生……」

気まずい空気を破ったのは、消え入りそうな弱々しい声だった。その声を聞いてはじめて、笛吹は部員たちの背後に教諭《きょうゆ》がもうひとり立っていたことに気がついた。若杉も、半ば存在を忘れていたのか驚いたような顔で「なんですか、田中《たなか》先生」と先を促《うなが》す。

「笛吹君と木島君……昨日づけで野球部に再入部……というのは、いかがでしょうか……」

空気が固まった。

なに言ってんだコイツ、という視線が、田中に集中した。ただでさえ存在感が薄く、熱気に溶けていきそうなのに、これだけ多くの視線を浴びたら死ぬんじゃないかと心配になるぐらいだった。

が、当の本人は平気な様子で、いつものように弱々しい声で続けた。

「無断欠席の上、私服でぶらついていたとあっては……保護者の呼び出しは避けられませんが……昨日入部して、公欠の手続きが間に合わなかったということならば……多少は温情が……」

「え、いやあ。それはどうでしょうかねえ。ちょっと無理がある気が」

若杉は困惑《こんわく》した様子で頭をかいている。よりにもよって、無気力を具現化したような田中部長から、こんな無茶な申し出があるとは、笛吹たちも思わなかった。

田中は、笛吹が入学する前から、部長として野球部にいた。が、それらしいことをしていた記憶は全くない。責任教師なので公式戦の時には同行しなければならないが、それだけだ。

その彼が、なぜここでこんなことを言い出すのか、誰も理解できなかった。なんともいえぬ沈黙を破ったのは、マネージャーの瀬川だった。

「いいじゃん、それ！　そうしようよ。わかちーとゆうちゃんが二人でアピールすれば通るって！」

「呼び出しぐらいいいよ。怒られるのは覚悟の上だし」

ようやく我《われ》に返った笛吹は言い返したが、隣の木島はあっさりと寝返った。

「えっ俺やだ。避けられるなら避けたい」

「じゃ何でついてきたんだよ。俺、こんなことのために野球部入るほうが冗談じゃねえよ」

「笛吹」

瀬川と中村の間をすり抜けるようにして、また一人進み出る。同級生の月谷だった。冴《さ》えない眼鏡《めがね》をかけた地味な風貌《ふうぼう》だが、野球部では背番号1を背負うエースだ。普段から教室でつるむこともあるが、こうして正面に立たれると、存外迫力がある。

「期末、数学と英語、補習決定だろ。あと遅刻も多いよな、これ以上マイナス点つくのやばいんじゃないか」

月谷は笑顔で痛いところをついてくる。

「……いや、補習って決まったわけじゃ……それに遅刻も、たまたま髪型決まらなかった時に一限間に合わなかったとかだけだし……」

「やばいよな？　ここは田中先生の言う通りにすべきだろ？」

眼鏡の奥の目は全く笑っていない。

笛吹は、思わず一歩後じさった。あまりの迫力に、我知らず唾《つば》を飲み込む。その際に、ほんの少し、顎《あご》を引いてしまった。

途端に、月谷が勢いよく振り返った。

「喜んで受けるそうです！　田中先生、ありがとうございます」

「えっ」

言ってねえよ、と言おうとしたが、いつのまにかつかまれていた肩に痛みが走った。

あ、これ逆らったらヤバいやつだ。

瞬時に悟った笛吹は、口を固く閉ざすことにした。一瞬の生存本能に負けたのが間違いだったと、その後、何度も後悔することになる。

＊

笛吹龍馬とはじめて会った時の印象を一言で言えば、「いけすかない」だ。

最初に交わした会話も、よくおぼえている。

入学式の翌日にはさっそく、入部すべく野球部の部室へ意気揚々《ようよう》と出向いた月谷は、そこでひたすら前髪をいじっている一年生と出会った。

「一組の月谷ね。よろしく。俺、四組。あとだいたいイジられるから先に言っとくけど、俺、下の名前は龍馬ってんだけどそっちで呼んだら殺すし。で、どこ中よ？」

ここまでノンブレスで語る間、やはりずっと前髪はいじっていた。おまえは女子かとつっこみたいのをこらえ、月谷は自分の坊主頭に吹きつける風の爽《さわ》やかさを改めて感じつつ、「菅原中《すがわら》。坂本龍馬《さかもと》嫌いなの？」と訊《き》き返した。

「ふーん菅原。対戦したかもしんないけど、あんま記憶ねーな。いや坂本龍馬はすげーんだろうと思うけど、それでイジられんのマジうざいから。歴史上の人物の名前を子供につけるセンスありえねーわ。俺、子供できたらぜったい太郎《たろう》とかつけるし」

（こいつ、すげぇめんどくさい）

出会って三分で、月谷は悟った。おそらくイジられるのは、笛吹という苗字《みょうじ》と合体したことで名前の愉快度《ゆかいど》が増したためと、そのイジられそうな言動のせいじゃないかと思ったが、賢明にも黙っておいた。

さらに、出会って三時間。もうひとつ悟ったことがある。

（こいつ、すっげぇ野球うまい）

真新しいぶかぶかのジャージと学校指定の運動靴、上級生から借りたグラブでノックを受ける笛吹は、センスの塊《かたまり》だった。

月谷は仮入部もすっとばしてすぐ野球部に入部するつもりだったので、スパイクやグラブも全て持参《じさん》していたが、そんな自分よりも、運動靴の彼の動きははるかによかった。

とにかく初動が早い。捕球してからスローイングまでの流れも機敏《きびん》でいっさいの無駄がなく、ほれぼれしてしまった。ノックを打っていた主将《しゅしょう》も、「笛吹くん、うまいなあ!」と何度も繰り返すほどだった。

こう言ってはなんだが、まさに掃きだめに鶴と表現したいようなレベルで、誰もが「コイツなんでここにいんの?」と頭上にクエスチョンマークを山ほど浮かべていた。

「笛吹、大和田中《おおわだ》だろ。あそこ野球部強いもんな、さすがだなぁ」

「あれだけうまかったら、私立とかも行けたんじゃね?」

「声かけられただろ? どのあたり?」

体験入部の帰り、一年生たちはこぞって興奮して笛吹に話しかけた。群がる彼らに、笛吹は相変わらず前髪をいじりながら答えた。

「まー誘われたけどね。広栄《こうえい》とかいくつか」

「すげえ! なんでそっち行かなかったんだよ」

「野球は好きだけど、甲子園とか興味ないんだわ。監督に言われて義理で体験入部行ったけど、やっぱレベルもモチベーションも違いすぎて無理。俺の高校生活死ぬ。まったり野球やりたいんだよ」

そこで「かっけー」と歓声があがったのが謎だった。そもそも、強豪《きょうごう》が無理なのは坊主頭が強制だからではないだろうか、という考えが月谷の頭をよぎったが、あれは八割がた当たっていたと今なら思う。

妙に恰好つけたがりなところを除けば普通に面白い友人で、とくに野球ではこの上なく頼りになった。ピッチャーの月谷にとって、ショートに笛吹が入ってくれることは非常に助かったし、周囲のこともよくカバーしていた。打つほうも彼はなかなかのものだった。いつのまにか、笛吹龍馬は、野球部になくてはならない中心選手となっていた。

しかしそれも、わずか三ヶ月たらずのこと。

笛吹はあっさりと野球をやめてしまったのだった。


「月谷、どういうことか説明してもらえるだろうな？」

目の前の若杉監督は笑顔だったが、仁王立《におうだ》ちに腕組みという威圧《いあつ》的なポーズを崩そうとはしなかった。呼ばれることは覚悟していたので、「はい」と姿勢を正す。

「笛吹を復帰させたいって話は聞いていたが、三年生最後の試合が終わった途端にアレってのは、ちょっと節操がないんじゃないか」

夏の最初で最後の公式戦を終えた翌日、三年生の引退式もぶじ終えて、新チームの主将として指名された月谷の最初の仕事は、かなしいかな監督への釈明である。

心配する部員たちの視線に見送られて生物準備室に向かうと、Ｔシャツにジャージ姿の若杉が仁王立ちで待っていた。

「先生の言う通りです。でも、この機を逃すわけにはいかないと思ってしまいました。申し訳ありません」

月谷は正直に答えた。

「この機、ねえ。あれ、おまえらと田中先生が示し合わせた茶番かと思ったんだが」

探るような視線に、慌てて首を振る。

「まさか！　俺だって、笛吹と木島が来ていることなんて知りませんでした。田中先生にはもっと驚きましたよ」

「だよなぁ。しかも、それで通しちゃうんだからなぁ……」

ため息をつく若杉の顔は、さきほどよりはやや和らいではいたが、腕組みは解かれていない。

「田中先生は去年、笛吹たちが退部した後、笛吹のお母さんと面談したりしてたんで、ずっと気にかかっていたんじゃないでしょうか」

「ああ、そういや担任だったたって言ってたな。なるほどな」

球場から学校に戻ってくるまで、少なくとも他の生徒の前では動揺は見せていなかったが、こめかみに指をあてて唸っているところを見ると、やはり相当混乱はしていたらしい。

「しかしなぁ、木島はともかく笛吹は戻りたいと思っているのか？　とてもそんなふうに見えなかったが」

「そういうやつなんです。でも、戻りたいと思っているのは本当です」

「根拠は？」

「あいつ、興味ないことは全く耳を貸さないんですが、最近はよく笛吹のほうから野球部の話ふってくるんで」

「退部の際には対立したようだが、大丈夫なのか」

「はい。俺たちも強く言いすぎましたし、あいつらも引っ込みがつかなくなってやめざるを得なくなったところがあるので」

　中村主将就任に端を発した上級生の対立は、二年生にまで飛び火した。笛吹は、月谷の目から見て、誰が主将になろうがさして興味はなかったように思う。ただ、中村のことは「真面目な無能って一番タチが悪い」と見下していたし、笛吹自身いささか浮いていたこともあって、他の上級生に組み込まれて監督に楯突くこととなった。

　月谷も、笛吹が努力を軽んじるところは腹が立っていたので食ってかかったが、そのせいで二年生も二派に分かれることになり、笛吹についた者たちはやめざるをえなくなってしまった。あれは、もっとうまいやりかたがあっただろうと悔いが残る。あのとき自分がすべきことは正論を押しつけることではなかった。

「だから、戻ってほしいとはずっと思っていました。あいつらだって、反省しています。監督、新主将として改めてお願いします。彼らを、野球部に戻してやってくれませんか」

若杉は目を細めた。

「俺は、中途入部はいつでもかまわんと言ってあったんだがな。ただ、本人が意思表示をして、必要なら過去のケジメもちゃんとつけた上での話だ。こんな形は、互いによくはない」

「はい。でも、新チームに一日でも早く合流してほしいのが本音です。三年生が抜けると人数もぎりぎりだし、盆明けには新人戦も始まります。笛吹は本職はショートですが肩強いしピッチャーとしても良くて、球速は俺より速いです。一年の三島《みしま》はまだ時間かかるし、二年で投げられるやつがいるのはかなりデカいでしょう。これから勝って、甲子園へ行くには、あいつらの力は必要なんです」

「甲子園？」

若杉は驚いたように繰り返した。

「甲子園、行きたいのか」

「はい」

月谷はまっすぐ若杉の目を見て言った。監督の口が、マジか、という形に動いた。

漠然とした夢物語として言っているのではないと、伝わったはずだ。無謀なことを言っているのはわかっている。誰に言っても、笑われるような夢だってことは。それでも、口に出したことは取り消せない。取り消すつもりもない。

「……そうか。おまえが言うんだから、真剣なんだろうな」

若杉も、まっすぐこちらを見返して言った。

「はい」

「甲子園行くには、東明にも勝たなきゃいけない。今年は俺たち、組み合わせ抽選会で笑い転げるしかなかったんだぞ。そこから一年で、変われるか？」

「正直に言えば、俺は今年だって勝とうと思ってました。笑われそうだから、誰にも言いませんでしたが。来年は、堂々と言います」

「そうか。今年も、そう思っていたのか」

若杉の目が、かすかに潤む。

「思ってましたよ。四回あたり、中村さんと二人で、この試合乗り切れたら俺ら甲子園行っちゃうんじゃないかって盛り上がってました。野球部に入って、あの時ほど楽しかったことはないと思います」

四回までは、東明打線をほぼ完璧に抑えていた。あれほど嬉しかったことはない。

初回の攻撃で、東明の木暮を前に緊張しきって手も足も出ない仲間たちの姿を見て、中村に「木暮の配球そのまんまコピーしますんで」とこっそり言った時は、ぽかんとされたが、彼もものすごく楽しそうな顔になった。現実はそんなに甘くはなかったけれど、あの楽しさはそう簡単に忘れられそうにはない。

「そうか」

若杉は、鼻を掻くふりをしてさりげなく涙を拭った。おもむろに表情を改め、うっすら赤い目が再び月谷に向けられる。

「わかった。これからは、おまえらの時代だ。新主将がそう言うなら、俺も気持ちは入れ替えよう。ひとまず、木島と笛吹は様子を見る。だが夏休み中、一日でもサボったらその時点で終わりだ」

月谷はぱっと顔を輝かせた。

「わかりました。ありがとうございます!」

「いや。こちらも礼を言わせてほしい」

きょとんとしていると、若杉は一度軽く咳払《せきばら》いをして、まっすぐ月谷の目を見てから深々と頭をさげた。

「中村と最後までバッテリーを組んでくれて、ありがとう。おかげで、三年生に最高の思い出をやれた。これからはおまえたちに最高の思い出をやれるように、俺も全力を尽くす」

2

バラ色の夏休みを過ごすのに必要なものはなんだろうか、と考える。

笛吹《ふえふき》の去年の夏休みは、ろくでもなかった。どうせ盆休み以外はほとんど部活で潰《つぶ》れると思って予定などろくに入れていなかったのに、夏休み直前に部活をやめてしまったため、やることがなかった。一緒にやめた木島《きじま》とヒマをもてあまして出かけてみたものの金もなく、すぐに飽《あ》きたので、結局は積みゲーの消化と臨時のバイトで休みがすぎてしまった。非常にむなしかった。

その時に思った。夏休みには、かわいい彼女という存在がなにがなんでも必要だと。

その後、バイト先の一番かわいい女子と晴れてつきあうことになったが、クリスマスの後「あたしたち合わないと思う。龍馬《りょうま》にはもっといい子がいるよ」とうるうるした目でふられてしまった。どうやらプレゼントがお気に召さなかったらしい。女性不信になった。

そして今年である。彼女はいないが、バイトでためた金はそこそこある。今年はあらかじめ予定を決めて、なかなか充実の夏休みになりそうだった。

「なのになんでこんなことになってんだよ……」

か細いぼやきは、蟬時雨《せみしぐれ》にかき消される。

八月の空は、ひどく遠い。色が薄く見えるのは、地上の人間が汗をかきすぎて、その水蒸気で薄まっているせいじゃないかとバカなことを考えるのは、頭がだいぶ茹《ゆ》だっているせいなのだろう。

体が重い。もう手足の指一本動かせない。

普段の自分なら、グラウンドに大の字になるなど絶対にありえないし、今だって、びちゃびちゃのTシャツがグラウンドの土を吸って背中に張りついている感触が非常に気持ち悪い。しかし、起き上がる気力がかけらもないのだ。

右手にもったスポーツドリンクのボトルはもう空《から》だ。一気飲みしたが、全然足りない。こうして転がっているだけで、頭上の太陽は体の中から水分という水分を吸い上げていく。

「はーい休憩終わり！」

瀬川《せがわ》の明るい声が死刑宣告に聞こえる。

「メニュー交代でーす。一班はB、二班C、三班はAメニューでお願いしまーす」

周囲では同じように転がっていた部員たちがのろのろと立ち始めるが、笛吹は微動だにしなかった。というか、動けなかった。

頭の上に影が落ちる。目は開かなかったが、誰かは薄々わかっていた。

「笛吹、聞こえなかったのか？　Bメニュー始めるぞ」

案《あん》の定《じょう》、同級生の月谷《つきたに》だ。

半月《はんつき》前に三年生が引退し、新チームの主将《しゅしょう》となったのが彼だった。エースで主将というのはどうかと思うが、いないわけではない。実際、笛吹の目から見ても、チームの中で唯《ゆい》一《いつ》まともに野球をしていると言えるのは彼ぐらいなものだったし、弁も立つので妥当《だとう》な人選ではあった。

が、ウザい。ものすごくウザい。

それが正直な感想だ。

「無理……俺のことはほっといてくれ……」

「そこで寝っ転がられても邪魔なだけだから。ほら、立て。Aよりは多少ラクだから」

「どこがだよ……ボール触らせろよ」

「バント練習では触れるぞ」

思い切り腕を引かれ、痛みで跳《は》ね起きる。

「ってーな！」

「起きたな、行くぞ」

そのまま強引に立たされ、引きずられていく。

ああ、ウザい。苛立《いらだ》ちが募《つの》る。

もともと、この月谷悠悟《ゆうご》という男は苦手なのだ。雑学王ですぐ蘊蓄《うんちく》たれるし、理屈っぽいし、そのくせ時々暑苦しい。昨年も、中村の主将就任をめぐっての騒動の時も、彼を非難する笛吹や上級生に真っ向から反論して、切って捨てた。「中村さんほど野球部のこと考えて、部員の範になってる人はいない」「楽しんで野球をするのと楽して野球をするのは全く違うことなのに、はき違えてるんじゃないか」などなど、容赦なく言葉の刃を突き立てて、敵対する人間を退部に追い込んだ。

そして今では、主将様だ。

「おまえほんっと、うぜーわ」

引きずられつつぼやく笛吹に、月谷はにやりと笑う。

「主将なんてうざがられてなんぼだからな。じゃ、まずは背筋から」

笑顔で地面を指し示され、仕方なく背筋運動の体勢に入る。がっつり足をつかまれ、もう逃れられない。隣では一年生の部員が、顔を真っ赤にしながらひいひい背筋を続けている。

そのむこうでは、ショートバウンドの球をキャッチする練習を延々繰り返す二人組が二組、反対側ではマネージャーの笛に合わせて短距離ダッシュを繰り返す者たちがいる。

公立の悲しさで、三ツ木《みつき》には野球部専用のグラウンドなど存在しない。普段の練習はもちろん、夏休みの練習でも、サッカー部やラグビー部、陸上部らと狭いグラウンドを共有してやっている。当然、バッティング練習はできない。

笛吹が以前在籍していたころも、平日はだいたい二時間ほど守備と基礎《きそ》バッティング練習を行い、土曜に球場を借りてバッティング練習を行うという方法をとっていた。公立はどこもそんなものだろう。

今日もグラウンドは運動部で埋め尽くされているし、退屈な基礎練に終始するのは予想していた。しかし、内容が昔とまるで違う。

以前は、ランニング、キャッチボール、ストレッチにサーキットトレーニング、守備練と基礎バッティングと皆で順番にやっていた。平日ならだいたい部活動は二時間程度なので、なんとなくやっているとわりとすぐに終わる感覚だった。

だが今日は――夏休みだから練習時間が長いのはわかっているが、体感時間はその数倍だ。そして休憩は非常に短く感じる。

月谷は、夏休み初日、まず十一名の部員を三班に分けた。

「この三班でＡＢＣのメニューを交互にやっていく。それぞれ七十分ずつ。メニューは俺と監督で考えて決めた」

そう言って各人に配ったメニューは以下の通りだった。

Ａメニューは、まずグラウンド十周。その後ダッシュ二十本、シャトルティー百球、縦《たて》素《す》振《ぶ》り百五十回、素振り百回、腕立て二十回×三、腹筋三十回×三。それぞれごく普通のトレーニングだが、バドミントンの羽根を打つシャトルティーは、最初はふざけているのかと思った。ミート力をつけるために、少年野球チームでよくやった練習だ。慣れた様子でこちらにシャトルをぽんぽん放ってくる月谷に「未《いま》だにこんな練習やってんのかよ」と呆《あき》れたら、「変化球対策になるぞ」と涼しい顔で答えられた。涼しい顔、というのはまさに言葉の通りで、こちらはシャトルティーの時点で汗まみれの泥《どろ》まみれ（ダッシュの最後のほうで足がもつれて派手に転んだ）、疲労が行きすぎて顔面崩壊寸前だというのに、同じメニューをこなしても月谷は汗ひとつかかない——はさすがに言い過ぎだが、ずっとニヤニヤしている余裕がある。頭にきて、思い切りフルスイングしてやったが、シャトルなんぞ全力で打ち返してもたかがしれている。月谷の体に当たって、間抜けな音をたてて落ちていくシャトルを見て、「弱い弱い」とよけいに笑われて、さらにむきになってしまったおかげで、次の縦素振りでは腕が痙攣《けいれん》するわ、腕立てはあがらないわ、腹筋は最初の三十でもうどうやっても起き上がれなくなるわでさんざんだった。

　Bメニューは、タイヤ押し、背筋やメディシンボール、ランジにサイドランジ、バント練習、懸垂《けんすい》、真下投げと続く。

　Cメニューは、ショートバウンドキャッチ、ランニングスロー、ミニハードル、ラダー、そして柔軟。これが一番マシだが、その前にまずBをこなす必要があった。

　二人一組で、マネージャーのホイッスルの音とともにテンポよく進んでいき、しかも一班三名から四名という少数なので全くサボれない。別班の木島や一年生の数名はひいひい言っているが、月谷たちは平然と進めていく。

　夏休みに入る直前、はじめて練習に参加した日、笛吹は途中でついていけなくなった。予想以上に体力が落ちていて愕然《がくぜん》とした。いや、自分が落ちただけではない。月谷らは、去年とは別人のようだった。

　練習時間だけで言えば、去年のチームよりも短いのに、はるかにキツかった。午後六時半、終了のコールがかかった時、ほっとして崩れ落ちてしまい、人の手がなければ立ち上がれなかった。

　八月に入るころには多少は体も慣れてはきたが、やはり部員たちとの体力の差を感じずにはいられない。

　というよりも——。

「いいかげんまともに練習したい」

　死にそうになりながらBメニューをこなし、ポカリを一気飲みした後、絞《しぼ》り出すようにして笛吹は呻《うめ》いた。

　空《あ》いたボトルを回収してまわっていた瀬川が聞きとがめ、じろりと睨《にら》みつける。

「は？　この上なくまともな練習じゃん」

「そうじゃなくて、なんでずっと学校のグラウンドなんだよ。ガンガン打ちてーよ。夏前は練習試合だってえらいいれてただろ、なんで夏休みいまだに一つもないんだよ」

　夏休みに入ってからこっち、十日ほどずっと学校で基礎練だけだ。いいかげんストレスがたまっている。

「最初の十日で体力づくりって言ってあるじゃん。新チームは体力ないんだから」

「ここまでやる必要あんの？　強豪《きょうごう》でもなんでもねーのに」

「ごく一般的なメニューだぞ。一番参考にしたのは、中学野球で優勝したチームのトレーニングだしな」

　能天気な声が耳に突き刺さり、眉《まゆ》が寄る。

　背後から元気な足音。振り返るまでもない。案の定、バットを肩にしょった若杉《わかすぎ》が姿を現した。まわりこんで目の前に立った監督を、笛吹は冷ややかに見上げる。

「つまり俺ら中学生レベルの体力って言いたいわけっすか」

「そんなこと言ってないぞ。基礎の基礎ってのはどの年齢だって変わらんし。まあ一年生も多いし、おまえや木島も一年みたいなもんだし、ちょうどいいだろ。来週からはもっとキツくなるぞー」

「はぁ」

「で、どうだ笛吹、少しは体慣れたか？」

「無理っす。しんどいっす。やめていいっすか？」

「隙《すき》あらばやめようとするなー、おまえは」

　若杉は苦笑する。

「ま、夏休みの間は諦《あきら》めろ。サボりの代償だ」

「だから頼んでねーのに……」

　本当に、とんだだまし討ちにあった気分だ。

　あの日、球場に行ったのは、本当にただ単に魔が差しただけだった。なのに、こんなことになるとは。

しかも、素行を監督するという名目で、夏休み中はどうあっても野球部をやめることができないようで、練習参加が義務づけられている。それもサボれば済む話だが、幸か不幸か笛吹の自宅は三ツ木高校から自転車で十分という近さで、近所の野球部員が毎朝迎えに来るのだ。

「まあそう言うな。それに笛吹、体力はともかく、キャッチして投げるのが本当に速いな。さすがだ」

「……ドーモ」

それだけかよ。心の中で吐き捨てる。

野球部の部員たちは、おおむね笛吹の復帰を喜んでいた。なんといっても、二年生の中で一番うまかったのは笛吹だ。一年の春からショートのレギュラーで、対戦校の監督からも「ひとりだけ次元が違う」と言わしめたほどだ。有名校の体験入部にだって誘われたのだ、それぐらいの自覚はある。ただ笛吹は、野球まみれの高校生活などごめんだったので、体験入部に行くだけ行って、近い三ツ木へと進学した。すぐレギュラーをとった（そもそも部員の四分の三はレギュラーになれる程度の人数だった）だけではなく、見かねて同期や上級生に守備を教えることもあった。上級生は最初いい顔をしなかったが、三ツ木高校はもともと上下関係が非常にゆるかったし、前監督が「うまいものに学ぶべきだ」と背中を押してくれたので、上級生もなにも言わなくなった。

だから、月谷たちが復帰を喜ぶのは当然と言えば当然だ。だが歓迎ムードの中で、明らかに一線を画《かく》している者がいた。

監督の若杉である。

彼は、前の監督同様に中村《なかむら》に目をかけていた。たしかにあいうタイプは、教師からするとかわいくてならないのだろう。真面目で従順で、言われたことは全部やる。

その中村に暴言を吐いて野球部から去った生徒が、なんの咎めもなく戻ってきたことについて、納得していないのは明らかだった。

しかし、今やにこにこと褒《ほ》めそやす。

ショーバンキャッチやランニングスローは、彼の前ではとくに気合いを入れた。本当は足腰がガクガクで目がかすんでいたが、若杉が見ていると思って最後まで走り回った。一年のブランクは大きかったが、生まれもったセンスはそうそう衰《おとろ》えるものではない。はじめてまともに笛吹の動きを見た若杉は、驚いた顔をしていた。それだけで多少は胸がすっとした。

前の監督は、中村を重用《ちょうよう》し、笛吹を切り捨てた。笛吹が入学してきた時は、君がいてくれればうちのチームは強くなる、万年初戦敗退から抜け出せる、と喜んでいたくせに、中村を主将に据《す》えるなら自分たちはやめると言った時、冷ややかに返された。

「チームプレーのなんたるかを知らない者は、我々《われわれ》も必要ない。残念だが、仕方ないだろう」

引き留《と》めるそぶりすらなかった。

チームプレーってなんだ。ただ真面目なだけが取《と》り柄《え》の、救いようのないヘタクソに合わせて、フォローしてやることか。こっちだって、中村の足下《あしもと》には及ばずとも、毎日遅くまで走り回っていたのは同じだ。試合でだって、守備位置のショートからレフトまで何度もカバーに入ってやった。

それらは、監督の中ではないも同然なのだ。

今、ここにいるのは、あの監督ではない。彼より一回り以上年下の、三ツ木に来るまでは野球と全く無縁の生活を送っていた生物教師だ。だがこの男に、認めさせたかった。おまえをやめさせるなんてバカなことをしたと、頭を下げさせたいのだ。

一年のブランクは予想以上にきつく、毎朝体のあちこちに痛みを感じながら起きる日々。こんなものに耐えられるのは、ひとえにその一念があるからだった。

「ま、期待してるから頑張れよ。それと月谷、飯島《いいじま》さんから返信きたぞ。週末来てくれるそうだ」

若杉はもう笛吹から興味を無くしたように視線を外し、キャッチャーの鈴江《すずえ》とファイルを見て相談中の月谷に声をかけた。月谷が弾《はじ》かれたようにあげた顔は、輝いていた。

「ほんとですか！」

「あと盆休みのうち二日これるって。うちも休みだけどどうする？」

「ご迷惑でなければぜひ。どこでも行きますよ！」

こんなに嬉《うれ》しそうにしている月谷は、はじめて見る。

近くにいた部員に「飯島さんって誰」と尋《たず》ねると、

「社会人野球のコーチしてる人らしい」

「どこの」

「あーたしか日輝《にっき》だったかな？　現役時代は投手だって。甲子園《こうしえん》にも行ったってさ」

「日輝かよ」

プロ選手も多く輩出《はいしゅつ》している社会人野球の名門で、都市対抗の常連だ。

「なんでそんなところとあいつ繋《つな》がってんの？」

「しらね。瀬川に訊いたらわかんじゃない？」

そう言われたので、素直に瀬川に訊きにいくことにした。洗い場で山積みのボトルを洗っていた彼女は、近づいてきた笛吹を見ると、満面の笑みで「お手伝いありがとう！」と言って、あまり近寄りたくない気配を漂わせているタオルの山を指し示した。いや手伝いに来たわけじゃ、と言おうとしたが、結局断れずにボトルの洗浄とタオルの洗濯にとりかかった。

「ああ飯島さん？　びっくりだけど、ゆうちゃんの紹介なんだよね」

話を聞いて、瀬川は嬉しそうに答えた。

「ゆうちゃんて田中《たなか》か」

「そうそう。びっくりでしょ？」

「あいつそんないいコネもってたのかよ。俺らの時は何もしなかったくせに」

「ゆうちゃんもみんなも、去年とは変わったってことだよ」

自信に満ちた口調が、癪に障った。

「なんかやたら熱血路線にいってるけどさ、今からいくら頑張ったところで監督が素人じゃどうにもならねぇよ。組み合わせ次第では三勝ぐらいはできるかもしれないけどさ」

「そんなのやってみないとわかんないじゃん」

「わかるよ。弱小校がいきなり成果出す時は、投手と監督が揃った時だけだ。月谷は、まあ中堅どころ相手なら抑える可能性はあるけどさ、その先は難しいだろ。あの監督じゃ、采配でカバーなんてこともできねぇだろうし」

「ふっきーって文句つけてばっかだよね。去年は中村先輩、今年は監督」

瀬川は洗濯の手を休めぬまま、呆れた口調で言った。

「本気になっても結果が出せない時が怖いとかそんなかんじ？　そんなに予防線はって、一所懸命やる人のこと見下してさ。だいぶかっこわるくない？」

かっこわるい。心臓が大きな音を立てた。

瀬川が横目でちらりとこちらをうかがうのを感じて、笛吹は傷ついたことを隠すように早口で続けた。

「無駄な努力はしたくねーんだよ。頑張ったけど無理だった、ならともかく、無理だとわかりきってることに全力尽くすほどマゾじゃねーの。前はおまえらこんなんじゃなかったのに、どうかしてるよ。楽しくやりゃいいのに」

「だから今、これが楽しいんだよ」

「俺はちっとも楽しくねえ」

「素直になりなよー。野球部が気になって球場来たぐらいなのに」

「だからあれは、マックにいた時おまえから LINE 来たから行こうって話になっただけだっての！　こんなことになるってわかってたら絶対行かなかった！」

「はいはい」

「聞けよ！」

その後は昼の休憩が終わるまで、二人でひたすら洗濯を続けた。手伝いを申し出ずに、ひたすら体力の回復につとめている一年生はあとでシめよう、とかたく胸に誓った。

居間の時計は、夕方の六時二十分を指していた。

授業がある時期よりは一時間以上も帰宅が早い。それは嬉しいが、この時間に帰ると、家の中は誰もいない。

両親は小四の時に離婚したので、鍵《かぎ》っ子生活は慣れてはいるが、最近は部活を終えて家に帰ると、窓から夕食のにおいが漂ってきて、「おかえりー」と台所から顔を出す母に慣れていたので、なんとなく物寂《ものさび》しい。

ひとまず汚れものを洗濯機に放り込む——前に、靴下は念入りに洗面台で洗う。これをやらないと、ものすごく怒られる。改めて洗濯機をセットし、今度は台所で米をとぐ。

子供のころの習慣だ。簡単なおかずもつくれるし、以前は彼が料理をすることもあったが、息子が野球部に復帰したと聞いてからは「私がちゃんと晩ご飯つくるから！」とやたら母がはりきっているので、米をとぐだけにしている。

人をダメにするソファに埋まってジャンプを読んでいると、鍵を開ける音がした。ただいまあ、と疲れた声の後で、母が居間に入ってくる。いつもながら化粧が濃く、身なりが派手だった。

「あら－今日もまたいっそう黒くなったね龍馬！」

「べつに、ずっとこんなだけど」

「いやいや、毎日これだけ黒くなったらもうここで打ち止めだろうって思うけど、毎日それを更新するんだからすごいよね。若さかね」

「関係ねーし意味わかんねーし更新とかしてねーし。メシ何？」

「しょうが焼き笛吹スペシャル！　鮭《さけ》のムニエル笛吹以下略！　わりとふつうのポテサラ！　なす煮笛吹スペシャルバージョン2。小松菜としらすの――」

「なすは2のほうかよ。3がいい」

母が帰宅して三分で疲れた。

笛吹はテンションが低いと言われることが多いが、それは明らかにこの母を毎日見ている反動だと思う。

母はスーパーの買い物袋をダイニングテーブルの上に置くと、シャツを脱ぎながら洗面所へと向かった。笛吹は大きなため息をついて立ち上がり、食材を袋から冷蔵庫に移していく。今すぐ使うものは、まな板やバットとともに、流し台の横に置いておいた。

スーパーの化粧品売り場を主戦場とする母は、本人曰《いわ》く「戦闘服」であるらしい分厚い化粧を落とし、別人のように個性のない顔に戻ってムームー姿に着替えると、すばらしい速さで夕食を仕上げていく。わりとふつうのポテサラ、はスーパーのできあいのものだ。笛吹スペシャルがつかない場合は、たいていできあいなのだ。

一時、母の料理はほとんどができあいだった。離婚してから一人で息子を育てなければならない苦労は子供の目から見てもわかるので不満を口にすることもなかったが、中学で彼の背が伸び始め、野球部の応援に一度来てからは、何か思うところがあったのか、帰宅の時間を少し早めて以前のように料理をするようになった。

恥ずかしいので応援にはあまり来てほしくなかったし、ことあるごとに野球部の話を訊いてくるのは辟易《へきえき》したが、懐《なつ》かしい味が食卓に並ぶようになった時は、とても嬉しかった。口に出して感謝の念を伝えることは、やっぱり恥ずかしくてできなかったが、あんまり邪険にしないようにしようと思う程度には嬉しかった。

『部活ですごく頑張ってる龍馬見て、おかあさん感動した。すごく立派に育ってるなあって。おかあさんなんにもできないのに、龍馬はすごいね。えらいね』

母は何度もそう言った。

正直、なにを言っているのかと呆れた。立派もなにも、彼の通う中学での部活動は義務だった。少年野球のチームメイトがいたので流れで入っただけだし、それほど練習せずとも自分はうまいので試合では活躍して当然だった。

だが、いかにも青春を想起させる野球のユニフォームに坊主頭でいきいきとプレーする息子の姿は、母にえらく感銘《かんめい》を与えたらしい。チョロすぎる、と頭が痛くなった。

だから逆に、彼が高一の夏で野球部をやめた時は落ち込んでいたし、今年の夏に復帰したと聞いた時には、はしゃいでいた。息子が野球部の人質となったことで、学校への保護者の呼び出しが回避されたことを母は知らないだけに、大急ぎで帰ってきて、嬉しそうに大量の食事をつくる姿を見ると、少し胸が痛い。

練習初日なぞは、どこのごちそうだと訊きたくなるような豪勢なメニューがこれでもかとばかりに並んでいたが、練習がキツすぎたので見ただけで吐きそうになった。が、そこは麦茶でなんとか流し込んだ。

今は平気だ。練習はあまり平気ではないが、台所から流れてくる香りで猛烈に空腹を感じるようになったのはいいことだろう。

「今日は何したの？」

食卓の席で、母はいつも同じことを訊いてくる。

「べつに。いつも同じ基礎練」

答えも同じだ。息子は食べるのに忙しい。

「そっか、基礎は大切だもんね。この半月で、龍馬見違えるように変わったもんね。秋の大会楽しみだなあ。応援に行くからね」

「来なくていいよ、俺スタメンじゃないかもしれないし」

「そんなことないでしょ、龍馬は絶対にスタメンだよ！　うまいのに使わないなんてありえないでしょ」

「……あの監督は、どうだかわかんね」

頭に浮かんだ若杉の笑顔を慌ててかき消す。母は、不安そうな顔をした。

「野球経験ない人なんでしょ？　大丈夫なの？　木島くんのおかあさんに訊いたら、評判はいいみたいなんだけど」

「熱血だよ。まあ合うやつには合うんじゃね？　俺はべつに誰でもかまわないし」

「ああ、龍馬はいつも、そう言ってくれるよね」

しみじみと母は言った。

「うちにもっとお金があったら、龍馬をもっと強い私立にやれたのに。でも龍馬、野球なんてどこでもできるって言ってくれたもんね。でも三ツ木に入って、すぐ野球部やめて、やっぱりおかあさんが――」

「その話はやめろって」

低い声で遮《さえぎ》った。

「俺はもともと私立に行く気なんてなかった。何度も言ってるだろ。おふくろは関係ねーよ」

「うん、ありがとう」

「だからありがとうじゃなくて――」

わかってると言いたげな笑顔に、イライラと頭を掻《か》く。外なら絶対にしない仕草だが、家だからセットはどうでもいい。

うまい言葉が出てこなくて、結局笛吹は、今まで以上に猛然と食事に取り組んだ。幸い母もそれ以上言葉を重ねることはしなかったので、夕食の時間はあっというまに終わった。こちらはずっと苛ついていたが、母はおそらく照れているとでも思っているのだろう。

食器を洗って、コーラをもって自室へと避難する。クーラーがきいている居間から移動してきたせいで、むっと押し寄せる熱気に吐きそうになる。慌《あわ》ててクーラーをつけて、ベッドに腰をおろした。

「めんどくせぇ」

今の気分を一言で言えば、それだ。

母は、私立を選ばなかった息子を、自分を思ってのことだと信じている。実際母は何度も、お金のことは気にしなくていい、あの学校ならちゃんと払えるから、と説得してきた。そんなことではない。単に、行きたくなかっただけだ。

どうして、わかってくれないのだろう。

なぜ、人よりちょっと能力があるというだけで、試合で目立つというだけで、おまえは野球をやるべきだと当たり前のように決められてしまうのだろう。

野球は、嫌いではない。他のスポーツをやるくらいなら、野球がいい。いまの練習だって、文句は言えども続けているのは、もう少しすればまともにプレーさせてもらえるとわかっているからだ。その程度には好きだ。

だがそれは、あくまで自分が楽しめることが前提だ。

もし自分に、十年に一度と言われるほどの才能があったなら、また心のもちようも違ったのかもしれない。しかし幸か不幸か、笛吹は自分がそこまでのモノではないことは知っていた。強豪に行けば掃いて捨てるほどいるレベル。一軍に入れるかもわからない、三年間ずっとスタンドで応援することになるかもしれない。

それはそれでいいという者もいるだろう。それは個人の勝手だ。だが、報われる努力が美しいというような風潮は気持ちが悪い。

試合に出たい。楽しくやりたい。

ただそれだけだった。

だが周囲は勝手に口だししてきて、勝手に決める。

面倒くさい。

「……でも結局、一番めんどくさいのは俺か」

苦く笑って、コーラを口に含む。炭酸が消えかかったコーラは、ただただ重い甘みが舌にまとわりつくだけだった。

3

「月谷《つきたに》、背番号1」

厳《おごそ》かな声に、背筋が伸びる。

「はい！」

列から一歩前に進み出て、両手を伸ばす。そして若杉《わかすぎ》の手から白いゼッケンを受け取った。

記された文字は「1」のみ。

最もシンプルな数字が書かれたゼッケンは、月谷にとって特別な重みをもつ。今年の夏もつけていたし、そもそも去年の秋からずっとこのエースナンバーを背負ってきた。

しかし、今年はちがう。重みがちがう。

月谷はエースであり、主将《しゅしょう》であり、三ツ木《みつき》のチームを文字通り率いている。新チームの華々しい公式戦デビューが、明日の地区予選だ。

この夏休み、必死にやってきた。夏休み前半はひたすら基礎《きそ》体力づくり、中盤は通常練習と合宿、そして最終週は新人戦に怒濤《どとう》の練習試合攻め。ダブルヘッダーは当たり前だった。

今年に入ってからだいぶ体をつくってきた月谷たちでも辛《つら》かったのだ。復帰組の苦労はよほどのものだろう。だが夏休みをフルで使ったおかげで、一年のブランクはそこそこ埋められたのではないかと思う。

勝つ自信はある。初戦の相手は、昨年の春の予選であたった公立校で、部員は十五名ほどで成績も三ツ木とどっこいどっこいの相手だった。春は接戦で、一時は三ツ木がリードしていたが、逆転されて負けた。だが今年は、あの時の自分たちとはちがう。

なにより月谷自身も、この夏で大きく成長したという実感があった。

夏の大会で、東明《とうめい》相手に途中でバテてしまったため、徹底的に体を鍛《きた》え直したし、本気で勝ちたいのだというこちらの意志に応《こた》えて、顧問《こもん》が社会人の投手コーチを呼んできてくれた。やはり本職の指導は、素晴らしかった。休み期間中、彼が来てくれたのは一度きりだったが、その一度だけでも、目から鱗《うろこ》がぼろぼろと落ちた。後は、こちらで動画をとってメールで何度かアドバイスを求め、そのいずれも的確な答えが返ってきて、月谷は「将来は指導者という道もあるな」と半ば真剣に考えてしまう程度には感動した。

手の中にあるゼッケンを改めて見る。

背番号1。誰もが知る、エースナンバー。

初戦は、完全シャットアウトを狙《ねら》っていきたい。新チーム最高の門出《かどで》になるはずだ。

過酷な夏を乗り越えた部員たちは、ひとりひとり監督に名を呼ばれては進み出て、背番号を受け取っている。そして一ケタの番号を全て配り終えた後、

「笛吹《ふえふき》、10番」

監督の声に、空気が凍った。

部室の前、頭上からは残暑の陽光が容赦《ようしゃ》なく降り注《そそ》ぎ、風もほとんどないせいで、うだるような暑さだったが、この時あきらかに、気温がさがった。

「ウス」

皆が固唾《かたず》を呑《の》んで見守る中、笛吹は無表情に進み出て、背番号を受け取った。

（あいつ、控《ひか》えかよ）

驚きだった。誰もが、正ショートの6番が配られると思っていた。が、実際に6番を手にしているのは、一年生の皆上《みなかみ》だ。小柄《こがら》で俊敏《しゅんびん》、プレーは基本に忠実、練習も熱心。いい選手だが、それでも明らかに笛吹のほうがレベルはずっと上だった。夏休み後半、練習試合で対戦した相手校の監督をして、「あの笛吹ってのは次元が違うな」とまで言わしめたぐらいだ。

皆上は、ゼッケンを手に茫然《ぼうぜん》としている。顔は真っ赤だったが視線は落ち着きがなく、喜んでいいのか今いちわからない様子だった。

「今のチームは横一線だ。一ケタの背番号だからって、これでスタメンが確約されたわけじゃない。番号はあくまでひとつの目安だ、覚えておくように」

全員に背番号を配り終えた監督は、一同を見回し言った。

「練習試合と公式戦はまるで違う。練習でできることが練習試合ではできないことがあるのと同じように、練習試合でできることが公式戦ではできないこともある。だが今のおまえらなら、〝できないこと〟はほぼないはずだ。今までの練習を信じろ、そうしたら勝てる。春の選抜大会も、この試合から始まっている。ここから一歩ずつ、甲子園《こうしえん》に向かっていくぞ」

甲子園。

彼の言葉に、身が引き締まる。

そうだ。ここからはもう、漠然《ばくぜん》とした夢ではないのだ。身の程知らずと言われようが、明確な目標として、道の先に存在している。

「笛吹」

解散の号令とともにおのおの部室へと向かうさなか、月谷は急いで笛吹のもとに走った。他の選手たちは皆、畳《たた》んだゼッケンを宝物のように胸に抱いていたが、笛吹は無造作にポケットにつっこんでいた。

「ああ、明日はよろしくな、キャプテン。後ろは任《まか》せろよ。いや、俺が守れるかはわからねーけど」

「あ、ああ」

気まずい。走ってきたはいいが、なんと言おう。その思いが顔に出ていたのか、笑われた。

「あのな、背番号のことなら別に気にしてねーよ。俺は皆上より入部が遅かったんだから、当然だろ」

「まあ、そうなんだけど」

「皆上スタメンでも、まあ明日の相手なら勝てるだろ。そんな速い打球とんでこないだろうし。あとおまえがショート方面に打たせなきゃ済むことだ」

意地の悪い言葉は、彼なりの励ましだ。

実際、翌日の試合はその通りになった。

月谷は打たせてとるピッチングを心がけたが、ゴロのほとんどは、セカンドに行った。全体で十四本のゴロのうち、十本がセカンドゴロだった。ショートには二本だけ。一本目の処理はあぶなっかしかったが、皆上はなんとかミスなくこなした。

試合は5－0で勝利した。コールド発進とはいかなかったが、被安打《ひあんだ》1、四死球《ししきゅう》ゼロ、そしてこちらの安打《あんだ》は七本という理想的な勝利で、数年ぶりの公式戦初勝利にチームはいやがうえにも盛り上がった。

「いやあ、勝つって最高だな！　こんないいもんくれて、ありがとな。おまえたちはすごいやつらだよ！」

出迎える監督も、満面の笑みだった。

彼も含め、皆知らなかったのだ。勝利がこんなにいいものだなんて。

最近は、練習試合で勝つことも多くなってきた。もちろんそれはそれで嬉《うれ》しいものだ。

だが、公式戦で勝つということは、まるでちがう。

この日は監督と部長が、全員にジュースとシューアイスを奢《おご》ってくれた。火照《ほて》った体と心には最高だった。

だがその中でひとり、喜びの輪に入れない者がいる。

ひとり黙々とシューアイスを食べていた笛吹は、明らかに不機嫌《ふきげん》だった。今日の試合では一度も出番がなかったのだから、仕方がない。

「次は必ずふっきーだって。今日は楽勝相手だったしさ」

セカンドスタメンの木島《きじま》が必死で慰《なぐさ》めていたが、笛吹のほうは明らかに生返事《なまへんじ》だった。

月谷は迷ったあげく、帰宅の途につく前に職員室へと寄った。

職員室では、ジャージに着替えた若杉が大量の書類と格闘していたが、月谷の姿を見ると、快《こころよ》く廊下《ろうか》に出てきた。

「今日のスタメン？　なんだ、笛吹、拗《す》ねてたか？」

若杉はからかうように笑っていたが、こちらは笑い事ではない。

「拗ねてたってほどじゃありませんが、俺たちも驚きました。練習態度が悪かったとは思えませんが……」

どうしても、中村《なかむら》のことを思い出さずにいられなかった。

監督はたしかに、ここからはおまえの時代だから好きにしろ、と言ったはずだ。

「次は使うさ。上に行けば行くほど、皆上をお試しで使いにくくなるだろ。今のうちに経験させせたかったんだ」

「はい、そうだろうとは思ったんですが、初戦はやっぱり大事です。何が起きるかわからないので、ベストメンバーのほうが俺たちも安心できます」

「なるほどなぁ」

はじめて気づいた、とでもいうように若杉は大げさに頷《うなず》いたが、それぐらいはわかっているはずだ。

「まあ、次は笛吹スタメンでいくさ。本音を言えば、俺としてはしばらく笛吹は外しておきたいんだがな」

月谷はぎょっとした。

「なぜですか」

「おまえ、夏休みの間のあいつ見ててどう思った？」

「まじめにやっていたと思います。口ではだるいとは言ってますが、ちゃんとメニューはこなしてました」

「うん、知ってるよ。態度は悪かったが、まあそこはいいわ。じゃあそうだな、練習試合や新人戦ではどう思った？」

「どうって……」

面食らう。

試合の後は、必ずミーティングを行い、そこで全部員による意見交換が行われる。よかったところや改善すべき点など、全てその時に出ていたはずだ。

記憶を探る。笛吹は、ああいう場ではもともとあまり発言はしないが、意見を求められれば、たいてい的確な指摘をした。さすがによく見ている、と感心したものだ。一方、笛吹に対する声はほぼ絶賛一色。ファインプレーを連発していたし、クリンナップを任せられる打撃も調子がよかった。バントも厭《いや》がらずにするし、チームバッティングもそれなりに出来ていると思う。

「やっぱりあいつが入るとやりやすいなと思いましたが……唯一《ゆいいつ》問題があるとすれば、声はほとんど出していないぐらいですか。たしかに問題なので、そこはもっと注意します」

「声な、たしかに。そうか。他は問題ないか」

「……それは、監督から見て問題があるってことですよね。どこですか」

おそるおそる尋《たず》ねると、若杉は口を開いたが、すぐに思い直したように腕組みをした。

「まあ、俺から言うことでもないな。俺の気にしすぎかもしれん。ひとまず、次は二年中心で行くから頼んだぞ」

こう言われては、これ以上追及しようがなかった。釈然《しゃくぜん》としない思いを抱《かか》えつつ、職員室の中へ入っていく監督を見送った。

ため息をつき、昇降口へと向かう。ちょうど靴に履《は》き替えた時、ポケットにつっこんでいたスマホが震えるのがわかった。

『今、地区予選の結果見ました！　三ツ木新チーム、勝利発進おめでとう！　完封《かんぷう》なんてさすがだね‼』

差出人は、記者の泉《いずみ》だった。画面の文字から、テンションの高い声が聞こえてきそうで、吹き出した。

『ありがとうございます。ぶじ勝つことができて嬉しいです。約束通り、泉さんにはいい記事を書いてもらわないといけないから、県大会もベスト16は狙っていきますよ』

すぐに既読《きどく》がつき、返信が来る。

『そこで優勝と言わないあたり月谷くんですね！笑　16って微妙じゃない？　せめて8ぐらいにしとかない？』

『でも春なら、夏のシード権獲得できる範囲ですよ。今のチーム状態は、ベスト16あたりを目標にするのが、妥当《だとう》です』

もちろんベスト16だって、高望みしすぎるほどの目標だ。だが、組み合わせによっては充分狙えると思う。練習試合で、そう言える自信はついた。

『着々と前進て感じだね。早く新チームの取材したいよ。なかなか行けなくてごめんなさい。監督さんとかみんなは元気？』

『元気ですよ。泉さん、夏は甲子園でずっと山登りしてましたもんね。今日はどこかの予選ですか？』

『そう、今日は神奈川《かながわ》。いきなり予選から優勝候補がぶつかったから、保土ケ谷《ほどがや》球場がもう元旦の明治神宮《めいじじんぐう》みたいになってた。あ、明日の午前は埼玉《さいたま》に行くよ！　南部大会だけど』

『ああ、明日は東明の試合がありますね。泉さん、すっかり東明の担当になってますよね』

夏の甲子園では、東明はベスト8まで行った。蒼天《そうてん》の、東明がらみの記事ではよく泉の名前を見たし、木暮《こぐれ》からも「今日も泉さん来た」と妙に自慢たらしいLINEがよく来たので、会社のほうですでにこの時点で泉は東明付きとほぼ決まっていたのだろう。

『なんかね。いいのかなって感じ。ありがたいけど。県大会で、三ツ木がまた東明と当たるといいね！』

『いや秋は当たらなくていいです』

県大会の強豪《きょうごう》クラスの試合でなければ、彼女がこちらに来ることはないだろう。東明ならば確実だが、この時点ではわからない。

その後他愛《たわい》ないやりとりが続いたところで、駅の間近までやってきた。ホームに落ち着いて、再びスマホのアプリを開く。しばらく考えこんでから、目にもとまらぬ速さで文字を打ち込んでいく。

『地区予選勝った。高校に入っての初勝利。』

そっけない一言。だが木暮には、充分に思いは伝わるだろう。

俺はここからおまえに着実に近づいていくぞ。あんまり嘗《な》めんなよ。

しばらく待ったが返信は来ない。東明の練習は夜遅くまで行われると聞いているから、そう簡単にスマホをいじる時間などないのだろう。

見た時、どう反応するか想像するのもまた、楽しみだ。

＊

夏、月谷のピッチングを見た時に真っ先に感じたのは、全ての球がシュート回転しているということだった。

もともとコントロールはいい男で、球速がないのを補おうとするためか、一年のころから変化球の習得に余念がなかった。そこで肘《ひじ》で曲げようと酷使《こくし》したせいなのか、ストレートも何もかも全てシュート回転するようになっていた。

とくに肩が弱いというわけでもなさそうだったし、オーバーで投げてみようとは思わないのかと尋《たず》ねたことがあったが、「サイドスローのほうが骨盤《こつばん》の回転を上手《うま》く使えるんだと」と言いだし、その後十分近く、解剖学《かいぼうがく》で見ればいかにサイドが理にかなっているかを滔々《とうとう》と語られた。

（こいつ、めんどくせぇ）

一度で懲《こ》りて、二度とピッチングの話は振らなくなった。笛吹のほうは、マウンドで投げる時はオーバースローだったが（見た目が一番かっこいいからだ）、さいわいサイドにしろと月谷が説得するようなこともなかったので、お互いの投球についてはノーコメントで通すことにした。

今の月谷は、かつてはサイド近くまでさがっていた腕が、スリークォーターの位置まであがっている。そしてひとまわり太くなった腰は以前より大きく回転し、肩の可動域も広くなり、なにより肘の不自然な使い方がなくなった。

ショートの位置から見ていると、そうした動きは非常によくわかる。ユニフォームごしに見える筋肉や骨の動き。昔とは別人だ。

その結果、球速は増し、特徴だったシュート回転もほとんど見られない。変化球にもキレが生まれた。

正直、たった二ヶ月でここまで変わるものかと驚いた。社会人のピッチングコーチの指導を受けていることは知っていたが、ここまで短期間で劇的に変わるなら、教えるほうも楽しくてならないだろう。今でも頻繁《ひんぱん》にメールをやりとりしているらしい。

再入部を果たす前、月谷に対する認識は、「まあうちの部ではマシなほう」という程度だった。能力はごく平均的だが、それを頭とマメさで補うタイプ。だから理屈っぽい。

しかしどうやら、その理屈っぽさは、うまい具合に開花したようだ。ごく平均的という認識も、改めなければならない。二ヶ月で変わるなら、まだ伸びるだろう。

今日は、県大会の初戦。春秋通じて、地区予選を突破して県大会に駒《こま》を進めるのは、いったいいつぶりのことだろう。県大会という響きに、部員たちはみな頰《ほお》を緩《ゆる》めていた。努力の成果がこういう形で見えるのは、単純に嬉しいだろう。

ただ、ここからは今までのようにはいかない。今日の相手は、中堅《ちゅうけん》どころの私立。はるか格上だ。走塁《そうるい》に積極的な機動力野球が特徴ということもあって、今日は地区予選第二戦に引き続き、ショートの先発には笛吹が起用された。ここでまた初戦ベンチスタートだったらどうしようかと思ったが、あのド素人《しろうと》監督も勝利の芽をわざわざ摘むことはしないらしい。

六回裏０－０。こちらは何度かランナーを出してはいるが、得点には至らない。一方、驚いたことに、私立校は五回まで一人もランナーを出していなかった。相手校のベンチは明らかに焦《あせ》っていたし、週末ということでそこそこ埋まった球場の観客席からも、「月谷、完全試合めざせぇ！」「やるじゃねえか」と声がかかっていた。

残念ながら完全試合の夢はすでに崩れた。さきほど、打者がプッシュバントで打った打球がちょうど不運なところで止まり、手間取っているうちにランナーセーフとなってしまったからだ。

足の速い二番打者だ。次の三番は左打者。笛吹はちらりと一塁《いちるい》ランナーに目をやり、セカンドの木島に目配せする。木島は頷き、月谷にサインを送った。

月谷は涼しい顔で、投球動作に入る。その瞬間、一塁ランナーが弾丸のように飛び出した。

力のあるストレート。打者は思いきり空振《からぶ》った。キャッチャー鈴江は素早くセカンドへボールを投げた。ボールの軌道《きどう》は、カバーへと入った笛吹のグラブよりだいぶずれていたが、とっさに上体を使ってキャッチする。足はベースから離さない。

「アウト！」

塁審《るいしん》の声に、月谷と野々宮が同時に笑顔となった。

「ナイス、鈴江《すずえ》」

「ナイス、ふっきー先輩！」

試合中あだ名で呼ぶのはやめてほしかったが、鈴江があんまり嬉しそうなのでここは不問にしてやることにした。

鈴江は夏まで、盗塁《とうるい》を刺すことに成功したことがほとんどなかった。肩は悪くないし、普段の練習ではコントロールもそう悪くはないが、試合になるとたいてい外した。彼もまた、この夏吐くほど練習した一人だった。監督に借りたメンタルトレーニングの本を真剣に読んでいるところも見たことがある。その本がどこまで役だったかはさだかではないが、今日の公式戦で刺殺《しさつ》を成功させたことは大きい。一度でも成功すれば、大きな自信になる。

(でも鈴江、俺じゃなきゃあの球は零《こぼ》してたぞ)

アウトカウントを互いに確認しながら、笛吹は心の中でつぶやいた。今日のショートが皆上だったら、へたしたら三塁まで許していたかもしれない。

盗塁を阻止《そし》したことで、月谷も少し気が緩んだのだろうか。次の球が甘く入り、三番打者のバットが快音を響かせる。

あ、と誰かの声がした。

(いや大丈夫。バットの先だ)

風向きを瞬時に確認し、レフトへと走る。

「オーライ！」

レフトの高津《たかつ》は一年生。三番の長打力《ちょうだりょく》を警戒して深めに守っていたはず。そしてこの向かい風。打球はかなり戻されるだろう。自分が行ったほうが早い。

打球を追う時、ふと既視感《きしかん》がよぎった。

ああ、去年もこうしてよくレフトに走った。当時ここを守っていた榎本は、いつまで経《た》っても打球判断がヘタで、「なんでそこにいる⁉」と怒鳴りたくなることがしばしばあった。最初は、他の外野手とも相談しつつ、フライの練習をしていたが、熱心にやりはするものの上達は見込めず、試合の時はひたすらレフトのカバーに走ることにした。面倒だが、それが一番確実だった。結果、守備範囲が非常に広くなり、木島に「おまえショートっつーよりショフトだよな」と笑われた。

「よし」

伸ばしたグラブに、白球がすとんと落ちる。

が、その直後、目の前に顔が迫った。

「えっ」

声が重なった瞬間、火花が散った。

視界が黒く染まる直前に見た鮮やかな朱色は、昨年の夏休みの間、かすむ目で夏に見た夕陽《ゆうひ》に似ていた。

「笛吹、深追いしすぎだ」

若杉監督の、厳しい声がとぶ。

ベンチ内には、ほとんど人がいない。笛吹と監督、そして田中《たなか》部長の他には、記録係の瀬川《せがわ》と、控えの一年生が一人いるだけだ。

グラウンドではまだ六回裏の相手校の攻撃が続行中で、ショートには笛吹のかわりに皆上が入っている。

外野で衝突した笛吹と高津は同時にその場に転がったが、ダメージが大きかったのは笛吹のほうだった。高津はすぐに立ち上がったが、笛吹は脳震盪《のうしんとう》を起こし、しばらく何も見えず聞こえなかった。だんだん音が戻ってきても立ち上がれず、担架《たんか》まで出てきたが、さいわい担架に乗る直前には立ち上がることができたので、そのまま肩を借りてベンチに引き上げた。

少し休んですぐ戻るつもりだったが、監督の命令は「救護室に行け」だった。もう大丈夫だと訴えても、頑として聞き入れず、ベンチでおろおろしていた皆上に「守備につけ」と指示を出す。慌《あわ》てて抗議したが、田中に強引に救護室に連れて行かれてしまった。

　診察が終わり、ベンチに戻ってきたら、さっそく説教である。悔《くや》しい。こんなことで交代になるとは思わなかった。

「サーセン」

　納得できない思いが、いつもより声から力を奪っていた。低くなげやりな謝罪に、若杉のこめかみに青筋が立つ。

「すみません、と言え。大けがに至らなくてよかったが、高津が手をあげてたの見えなかったのか？」

「見えなかったっす、サ……すみません」

「見ようともしなかったんだろう。飛んだ瞬間に、自分が捕るって決めつけてたな。正確に言えば、高津には無理だと判断した」

　ぐうの音《ね》も出ない。見抜かれている。

「もっとチームメイトを信頼しろ。笛吹、おまえはどうもスタンドプレーが多い。あいつらは、おまえより長く練習してきたんだ。上達してる。もっと信じてやれ」

「はい」

そうは言っても、やはり自分で動いたほうが確実だ。不承不承《ふしょうぶしょう》返事をすると、若杉は顎《あご》を擦《さす》り、首をふった。

「やっぱり試合で使うのは早かったか。次からは、ベンチに戻す」

「えっ」

反射的に、うつむけていた顔をあげた。

「あの、次からは注意します。反省、しました」

「練習試合でも俺は再三、もっと仲間を信頼しろと言ってきたはずだ。だが聞く耳をもたなかったな」

ぐっと拳《こぶし》を握りしめる。その後もしばらく、チームプレーについてこんこんと説教されたが、徐々にせりあがってくる怒りに押され、全て右の耳から左の耳へと抜けていく。

(こいつはいったい、何を見てきたんだ。チームプレーなんて、わかっている。俺ほど徹底しているヤツいねーだろ、なんでわかんねえんだ！)

彼も結局、前の監督と同じなのだ。自分に従順な優等生がいればよい。

たとえ強くなくたって、野球が好きで、熱いものをもっていて、何があっても諦めず立ち上がる。そんな絵に描いたような生徒と青春ごっこができればいいのだ。

「監督」

監督の小言《こごと》がひと通り終わった後、笛吹はつとめて冷静な声をつくって反論した。

「月谷は、必ず勝ちたいんだと言ってました。俺はたぶん、そのために戻ってきたんだと思ってます。けど俺は、もともと甲子園とかあんま興味ありません。むしろ、甲子園目指すのが当たり前みたいな空気がキツいっす」

突然語り出した彼を、若杉は意外そうに見下ろした。

「ほう。まあ、そういうヤツもいるだろうな」

「でも、月谷とかがそう言うんなら、勝つために頑張ろうって思ったんす。俺、一度出てった借りあるし、頑張ろうって。自分なりに、貢献《こうけん》できるように考えてたっす。でも、つまり、それは全部よけいなことだったんすか」

こみあげてくる震えを抑《おさ》えるように、さらに拳を握りしめる。爪《つめ》が掌《てのひら》に食い込む感触があった。たぶん皮膚が破れただろう。

たしかに今までの試合でも、つっこみすぎたと思うことはあった。しかしいずれも、他の奴《やつ》らならどうだろうか、という打球だった。結果的に、自分が捕ってよかったのだ。そうでなければ今日も、月谷が五回まで被安打ゼロとはならなかっただろう。

勝つために、ここにいる。なら、他人の領分をいくらか侵《おか》すことになろうとも、自分がすべきことを全力でするだけではないか。

「そうじゃない。支え合うのは大事だ。だが笛吹、フォローしてやった、という意識が常にあるだろう。そして誰かがおまえをフォローすることがあるなんて、考えもしないだろう」

そんな場面、思いつかない。口に出しては言わなかったが、顔には出ていたのだろう。若杉は眉間《みけん》に皺《しわ》を寄せた。

「そりゃたしかに、おまえに任せれば安心な場面は多い。勝ちに近づくと言われれば、そうかもな。だが高津たちがやるべきところをおまえが全部かっさらって、それであいつら喜べると思うか？　あいつらどんどん手を抜くようになったらどうなる？　それ、ほんとに勝利と呼べるか？」

「わかりません」

即答した。わからないし、どうでもいい。自分はただ、勝つために最善を尽くしただけだ。

「あぁっ」

突然、ベンチ内で声があがった。最前列にいた一年生と、瀬川の声が重なっていた。

反射的にグラウンドへと顔を向ける。

打球が三遊間《さんゆうかん》を抜け、レフトへと転々と転がっていくところだった。横っ飛びした皆上が、そのまま無様に倒れ伏す。

「あー今の、笛吹さんなら……」

思わず、と言った様子でつぶやいた一年生は、ベンチの空気に気づき、面白いぐらい青ざめた。

（そら見ろ。これが、現実なんだよ）

笛吹は、監督を睨みつけた。

「皆、俺ならできると思ってんだ」

気がつけば、唸るような声が出ていた。若杉は眉をひそめる。何かを言おうと口を開いたので、たたみかけるように続けた。

「面倒なの、押しつけてくる。なのに最後は必ず、やりすぎだって言う。知るかよ。どこまでやればいいとか、わかんねーよ。こっちは言われたからやってんのに」

いつもうまくいかない。

ただ、普通に野球をやりたい。それだけなのに。

同じスタートラインに立っていても、すぐに頭ひとつ抜けてしまう。仲間からコツを訊かれることもあったが、むしろ自分にたやすくできることがなぜ他人にできないのか不思議でならず、「え、なんでこんなことができないの？」と素で尋ねてしまい、そのせいで仲間はずれになったこともあった。

進学した中学校は、これまた幸か不幸か野球部が強く、笛吹は問答無用で入部させられた。そこであっというまにエースになった。ピッチングはそれなりに面白かったが、本当は内野手をやりたかった。好きなプロ野球選手は、ショートで華麗な守備を見せていたからだ。いちおう野手兼任ではあったが、ほとんど投手として試合に出て、素直に「俺、投手はだるいんだけど」と零したら、控え投手の同級生にぶん殴られた。こっちは死ぬ気で努力してんのにふざけるな、と怒鳴られたが、そんなもん俺が知るかよと言い返したら、次の日からまたハブられた。

なぜみな勝手に押しつけて、勝手に怒って、おまえはわがままだと言うのだろう。もっと練習しろ、努力しろと言われるが、要求されることはできているのにそれ以上やる必要を感じない。もっと上を目指せ。おまえは怠慢だ。好き放題言われるのが、うざったくてしょうがなかった。

どうして、おまえらが勝手に俺のことを決めるんだ。俺はただ、今いる仲間と楽しくやりたいだけなのに。

「三ツ木なら、大丈夫だと思ったのに。でもやっぱ、こうなんのかよ」

限界だった。体の奥から沸き上がってくるものを、これ以上とどめていることができない。言葉が転がり出た後は、涙と鼻水だ。

（冗談じゃねえ、かっこわるい）

涙が滲む直前、笛吹は身を翻してベンチ奥へと続く通路に飛び込んだ。

「笛吹！」

監督の声が背中を追う。振り返れるはずがなかった。

4

「マジかよ」

茫然《ぼうぜん》とした声は、誰のものだっただろう。

少なくとも、ひとつやふたつではなかったのはわかる。月谷《つきたに》自身も、マジか、とつぶやいたぐらいだから、何も言わなかった者のほうが少ないだろう。

「残念ながら、マジなんだな」

すでに出発準備を整えた部員を前にして、若杉《わかすぎ》は苦笑とも半泣きともとれる顔で嘆息《たんそく》した。

「笛吹《ふえふき》のお母さんによれば、しばらくベッドから出られんそうだ。学校もしばらく休むことになるらしくて、本当に申し訳ない、とのことだ」

「マジかー……」

部員たちはこぞって落胆《らくたん》した。

なにしろ今日は、県大会の第二戦目。

数日前の県大会初戦は、ぎりぎり勝利した。2－1、薄氷《はくひょう》を踏むような勝利だったが、勝ちは勝ちだ。

そして迎えた今日の第二戦目。古豪《こごう》の公立校が相手だ。前身は旧制中学の男子校で、毎年上位に食い込んでくる名門だ。とくに、春は強い。

それでも今、波に乗っている三ツ木《みつき》には、勝てるビジョンしかなかった。高校生は一試合のうちにとんでもない成長をするのだという。だとすれば、自分たちは今、とんでもない成長のまさにそのさなかにある。古豪なにするものぞと意気をあげていたところに、冷水どころか氷水をぶっかけられたような気分だった。

「あの、監督。まさか、このあいだ俺とぶつかったのが原因ですか……？」

震え声で手をあげたのは、一年生の高津《たかつ》だ。顔色が青を通り越して土気色《つちけいろ》になっている。

「いやそれは関係ない。まあなんつうか……持病《じびょう》、みたいなもんだから」

「えっなにソレ初耳なんだけど！　なんの病気？　やばくない？」

瀬川《せがわ》も顔を真っ青にして、監督につかみかからんばかりの勢いで尋《たず》ねた。

「病名については聞いたが……」

若杉は、傍《かたわ》らに立つ田中《たなか》部長をちらりと見やった。田中部長は、黙って頷《うなず》いた。

「……まあそうだな、俺の口からは控《ひか》えたほうがいい。完治《かんち》した後で、本人から聞くべきだろう」

思ったよりも深刻な内容に、月谷たちは再び凍りついた。そして、笛吹が病欠と聞いた瞬間「サボりか」と思ってしまった自分をはげしく恥じた。

「とにかく、そういうわけだ。残念ながら、今日は笛吹はいない。気持ち切り替えて行くぞ！　笛吹にも勝利報告して安心させてやらんとな！」

気を引き立たせるように、若杉は明るい声で言ったが、沈殿《ちんでん》した空気はなかなか元には戻らなかった。

笛吹がいないのは、非常に痛い。

再入部して三ヶ月たらずで、彼はすっかり攻守《こうしゅ》の要《かなめ》になっていた。月谷としても、背後に笛吹がいるのといないのとでは、投球時の安心感がまるで違う。皆上《みなかみ》も頑張ってはいるが、やはりまだ一年生で不安定だ。地区予選よりも客が入る県大会で有名校相手となると、さらに硬くなってやらかす未来しか見えない。

果たして、試合は見事なまでにボロ負けした。エラーは頻発《ひんぱつ》、打線《だせん》は相手エースを全く打ち崩せず、そして月谷も自分でも信じがたいほど球が全体的に浮いていた。後半は打たれ放題で、これもうバッティングセンターじゃねえか、と自嘲《じちょう》するほどだった。

最終的には、０－11。久しぶりの大敗である。

希望に満ちて始まった秋の大会は、最悪の幕切れとなった。学校までの帰り道の空気は、ひどいものだった。皆、ほとんど口を開かない。だが言葉より雄弁《ゆうべん》な空気が、不穏な色をまきちらしている。

笛吹が加入したことで、チームは一段と厚みを増したはずだった。やはり戻ってきてもらってよかったと、二年生一同心から喜びあったものだった。

だが裏返せば、彼ひとり欠けただけで、このザマだ。いつのまにか、自分たちが思っていた以上に、彼に頼り切っていたらしい。その事実に気づかなかったこと、そして自覚していたよりも自分たちにはまだまだ力が足りなかったことに、誰もが落ち込んだ。

その中でも最も落胆《らくたん》が深いのは、エース兼主将《しゅしょう》の月谷だった。

こんな時こそ最高のピッチングをして味方を奮《ふる》い立たせなければいけないのに、一緒に動揺してどうするのか。初回、なんでもないゴロをたて続けにエラーされ、そこを四番に一掃《いっそう》されたあたりで早々に心が折れた。こんなことは、初めてだった。

通夜《つや》のようなミーティングを終え、今日はそれぞれ自主練《じしゅれん》ということになった。月谷はシャドウピッチングを繰り返していたが、どうも身が入らない。これはいっそ走ったほうがいいか、と悩んでいると、監督から呼び出しがかかった。

部室に向かうと、珍しく田中部長もいる。若杉は、月谷が入ってくると、「笛吹の家はわかるか？」と訊《き》いてきた。

「はい。一度行ったことがあります」

「なら話が早い。今から、見舞いに行ってくれんか」

月谷は目を瞠《みは》った。

「行って大丈夫なんですか？」

「大丈夫だ。べつに寝込んでるわけじゃない。いや、ある意味、寝込んでるのか？」

「それなら木島《きじま》や他の奴《やつ》らも……」

「いや、一人で行ってくれ。他言無用《たごんむよう》で」

強い語調で念を押され、面食らう。

「なぜですか」

「まあ、行けばわかる。本当は俺も行くべきなんだが、今は逆効果かもしれんからな。様子を見てきてくれると、助かる」

全く要領を得ない。月谷は次第に苛立《いらだ》ち始めた。

「見舞いは喜んで行きます。でもその前に、ある程度、事情は知っておきたいんですが」

いくぶん怒りをこめた口調に、若杉は困ったように頭を掻いた。

「そうだよな、うん。しかし、なんと言っていいか……」

彼がこれほど言いよどむのは珍しい。いったい何が、笛吹の身の上に起きたのだろう。

悪い想像ばかりが頭を駆け巡る。

「それは私が……説明しましょう……」

思いがけない第三者の声が、気まずい空気を払拭《ふっしょく》する。思いがけないも何も、三人目は田中しかいないが、月谷は部室に入った瞬間は彼を認識していたが、その後忘れていたので驚いた。田中のこの存在感の異様な薄さは、スパイとか特殊部隊に入れば天下をとれるのではないだろうかと思うほどだ。

「田中先生が?」

「私は一年次の担任で……当時の彼は荒れていましたから……お母様にも何度か学校に来ていただいて……その時に、聞いたんです……」

空気に溶けそうな弱々しい声で、彼は語りはじめた。

話が進むにつれ、月谷の目は徐々に見開かれていき、最後はなんとも言えぬ様子でかたく瞑《つぶ》られた。

笛吹親子が住んでいるのは、かなり時代を経《へ》ていると思われる、中古マンションの一室だった。そういやこのマンションのエレベーターに怖い話があったな、と思い出し、少しわくわくしながらエレベーターに乗ったが、当たり前だが何もなかった。

三階の目当ての部屋に行き、インターホンを押す。

この時間、母親は働きに出ていて不在で、おそらく笛吹しか部屋の中にはいないであろうことは田中《たなか》から聞いている。若杉から、月谷の訪問は伝えてあるとのことで、インターホンを押してしばらくしてから「はい」とぶっきらぼうな声が聞こえた。

「俺。月谷」

ブツ、と何かが切れるような音がして、数秒後に扉が開いた。

「よぉ。今日は、悪かったな」

現れた笛吹は、思ったより元気そうだった。ただし顔色はひどく、目は死んでいる。そして頭には、室内だというのにグレーのニット帽をかぶっていた。

「いや、病気ならしょうがない。でも結構元気そうで安心した」

「元気じゃねえよ……まあ、入ってくれ」

体をずらして、玄関への道を空《あ》ける。月谷は「お邪魔します」と礼儀正しく挨拶《あいさつ》をして入った。一年生の時に一度だけ遊びに来たことがあるが、その時の記憶といささかも変わっていない。清潔だがどこか物寂《ものさび》しい部屋だった。笛吹の母親は、家を飾り立てる趣味はないらしい。仕事が忙しくてそれどころではないだけかもしれないが。

通された居間には、ゲームオーバーの画面のままのテレビと、床に転がったコントローラーがあった。

「すげぇ病人だな」

「だろ。コーラしかねーけど」

「いやおかまいなく」

礼儀正しく断りつつも、視線はどうしても室内では異質なニット帽に行ってしまう。視線に気づいて、笛吹が顔をゆがめた。

「ユーレイに聞いたのか」

「ああ。部の他の連中には言ってないから安心してくれ。その、なんだ。……ハゲたんだって?」

ここには二人しかいなかったが、なんとなく、声をひそめてしまった。途端に相手の動きが止まる。

いきなり直球はまずかったか。あたふたしていると、目の前でいきなり笛吹がニット帽をとった。

「一番デカいの、これだ」

指を見るまでもなく、右側頭部に立派な十円ハゲができている。

「これはまた……ん？　一番デカいの？」

「もうひとつある。そっちは普段は目立たねぇけど。昔はこんなんじゃなかったけど、今はストレスかかるとこうなる。けどここまでひどいのは中学以来」

ショックが一周回ったのか、笛吹は表情の抜け落ちた顔で淡々と語り始めた。

笛吹の母校・大和田《おおわだ》中は野球部が強くて有名だった。そして笛吹は、入部してから引退するまでずっと、エースとして君臨《くんりん》していた。そして最後には、円形脱毛症になった。坊主頭の円形脱毛症はなかなか悲惨だ。どうやっても隠せない。

「俺、小学生の時からピッチャーやらされてたけど、ほんとはずっと内野やりたかった。けど、たまにはやらせてもらえたけど、ほとんどがピッチャーでさ。俺、いっつもそうなんだ。いつも押しつけられる。そんで拒否ればわがままって言われたし、ハブられた」

おまえが投げなきゃ負けると言われて、だるくてならなかったが、投げ続けた。その結果、毛が抜けた。

朝、鏡の中、側頭部に出来た十円ハゲを見た時、しばらく動けなかった。呼吸も止まっていた。

そして我《われ》に返った時、思ったという。自分はこのままではダメになると。

話を聞いていただけなのに喉《のど》が渇《かわ》いて、月谷は何度もコップを口に運んだ。

「……それでも、野球部に入らないって選択はしなかったんだな」

月谷の言葉に、笛吹は力なく笑った。

「迷ったんだけど。でも三ツ木の野球部見たらみんなのんびりやってて、楽しそうでさ。いいなと思って」

「楽しかったか?」

「最初は。すぐ試合にも出してもらえたし……ただ、だんだん苛つくようになった」

笛吹は、床におろしていた足を片方だけ椅子の上にあげて、抱え込んだ。目線はずっと、テーブルの上に固定されている。笛吹は黙って、空になったコップにコーラを継ぎ足した。ペットボトルから垂れた水滴が、テーブルの色をじんわりと変えていく。

「活躍できるのは嬉しい。けど俺、試合でやること多くなって、そのうち俺がカバーすんの当たり前みたくなって、それで走り回ってたらベンチ帰って監督に突っ込みすぎだって怒られてさ。なんとなく、皆からも距離置かれてんのわかったし。そこに中村先輩のことがあって……俺、悪いけどあの人のことスゲー嫌いだったから、なんか爆発しちまった」

「なんであんなに嫌ってたんだ」

「ヘタクソだけど頑張ってます感を前面に押し出す感じがウザい。空気読めてねーし」

「あの人はただ単に必死にやってただけだと思うぞ」

笛吹の眉根が寄った。視線が揺れて、ペットボトルの周辺にたまった水滴をじっと見つめる。

「……わかってるよ。けど、あんなド下手でも監督に可愛がられてただろ。なんか……俺のほうがよっぽどあいつよりチームに貢献してんのに、俺は怒られてばっかなのにって頭にきて」

月谷は、試合のたびに不機嫌になっていった友人の姿を思い出した。ファインプレーを連発する彼をみな褒めそやしたが、監督だけは褒めなかった。月谷たちも本音を言えば、練習は適当にサボっているのに試合では誰より活躍する彼を苦々しく思うところもあった。

「わかってんだ。ただの八つ当たりだ。俺、監督に認めてもらいたかったんだ。おかしいよな。昔は、期待されんのうぜえって思ってて、適当にやってこうって思っていたはずなのに。ガキだよな」

笛吹はとうとうもう一本の足も抱え上げ、膝頭の上に顔を伏せてしまった。

椅子の上で小さく丸まってしまった友人を、月谷は複雑な思いで見つめた。

おそらく彼はその時はじめて、野球をやっているのに認めてもらえないという現実にぶち当たったのだろう。誰だって、頑張っていたらちゃんと認めてもらいたい。過剰な期待は厭でも、やったことは褒めてもらいたい。わがままだろうがなんだろうが、本音ではそう思っている者なんてたぶん山ほどいるだろう。

笛吹は、中村を見てはじめて、かつて自分につっかかってきた者たちの気持ちがわかったのかもしれない。

月谷はコーラを口に運び、なんとはなしに部屋を見回した。リビングダイニングは、お世辞にも広いとは言えないが、綺麗に掃除されていた。

(うちに比べると極端にものが少ない)

月谷の母も毎日掃除はしているが、ここに比べるとどことなく雑然としている。四人家族の月谷家の半分しかいないのだから、ものが少ないのは当然かもしれないが、このがらんとした空間で、胎児のように体を丸めている笛吹の姿に、胸を衝かれた。

笛吹の母親は、愛情深い人だと思う。応援で来ているところしか見たことがないし、笛吹は鬱陶しがっていたが、毎日の弁当は十分な量だったし栄養価も高そうだった。

ただ、ここには、「父親」がいない。事情は知らないが、小学生の時に両親は離婚したと聞いた。

ひょっとしたらそれも、笛吹が監督という存在に捻れたこだわりを見せる一因なのかもしれない。

月谷は唇を嚙みしめた。まったく、なにも見えてなかった。主将となって、チームをよく見てきたつもりでも、その目にフィルターがかかっていれば意味はない。

笛吹のことは、面白いがいけすかないやつだと思っていた。うまいからって調子に乗って、という反感は常にあった。中村への対応に激怒したのも、彼への嫉妬が全くなかったといえば、嘘になる。

それでも、なんだかんだ言ってこいつも野球が好きなのだから、またやらせればうまくいくと思っていた。

チームが勝つためには、笛吹は必要だ。こんないい駒を放っておくのはもったいない。

もう二度と、以前のように、真っ向から殴りかかるような馬鹿はすまい。だいたい性格は把握したから、うまく自尊心をくすぐって、扱いをまちがわなければ、誰より頼れる戦力になるだろう。

そう考えていた自分を殴りたい。把握した？　扱いをまちがわなければ？　傲慢もいいところではないか。

「出稼ぎに来てる助っ人」

月谷のつぶやきに、笛吹は顔をあげた。泣いてはいなかったが、疲れ果てた老人のように見えた。

「なに？」

「って、監督に言われたんだ。今の笛吹、仲間じゃなくて助っ人にすぎないって」

笛吹の口許が歪む。

「ああ……まあ、そんなもんかもな」

「笛吹の意識も、俺たちの意識もそうだってさ。笛吹、試合でも一番目立ってるけど、全く楽しそうに見えないって言ってた。やらされてる感が凄いって」

「んなことねーよ。試合出るのは嬉しいよ」

「けど、なんつーか、勝とうっていうんじゃなく、勝たせてやろうって感じ？　心情的にいつも一歩引いてて、まわりも笛吹に一歩引いてて、結果スタンドプレーが多くなるって」

笛吹は何も言わなかったが、複雑そうな表情をしていた。おそらく、図星だったのだろう。

「笛吹も怒られたらしいけど、俺も監督にすげぇ怒られた。笛吹にそういう思いさせてんのは、主将の責任だって。おまえが強引に引きずりこんだのに、おまえが率先していつまでもお客さん扱いしててどうすんだって。ほんとそうだったよな。悪かった」

笛吹は弱々しく首をふった。

「月谷が気に懸けてくれてたのはわかってたし。夏休みとか、うぜーほどつきっきりだっしさ。どっちかっつーと監督が……」

「いや。監督が笛吹スタメンから外したりしたのは、俺らがすぐ頼るからだ。俺らのせいなんだよ」

ここに来る前、監督に言われたことがある。

『おまえ、まだ笛吹のこと信用してないだろ？　なのに頼ってる。勝つにはあいつは必要だって言ったよな。だが今のおまえ見てると、仲間として受け入れているようには見えない』

怒っているというよりも呆れた顔で、懇々と諭された。

月谷は返す言葉もなかった。指摘されるまで、自覚したことすらなかった。だが、その通りだった。

自分はまだどこかで、笛吹を許していない。信じていない。だけど、あの能力だけは欲しい。

『そういうのは皆に伝わるし、当然本人にも伝わる。だから笛吹も、おまえらを全然信用してない。一人で野球やってる。そりゃな、そういう野球もアリだと思うんだよ。個々の技術だけでも成立するようなチームはあるだろう。だけどうちはそうじゃないだろ？　全員一丸とならなきゃ、とうてい甲子園なんて無理だろ？　おまえら、圧倒的に話し合いが足りないんだよ』

だから、行ってちゃんと話してこい。そう言って、送り出された。

「俺たち、中学の監督たちがやってたのと同じこと、笛吹にしてたってことだよな」

月谷は、笛吹の顔を見つめて言った。笛吹は一瞬こちらを見たが、すぐにふいと顔を逸らす。

「いや……そこまでじゃ……」

「髪の毛抜けるまで、ストレスだったんだろ」

「俺もびびったんだって。ムカつくって思ってたけど、こんなんなるなんて。今日だって、ちゃんと試合行くつもりだったんだ」

笛吹は、額に垂れた前髪を指でつまんだ。今日は珍しく、いっさい整髪料を使っていないらしく、まっすぐな髪は重力に逆らうことがない。髪質も相当柔らかそうで、これを毎朝あそこまでボリューム出してあちこち立たせるのはさぞ大変だろうな、と思った。

「でも今朝、鏡で頭見た瞬間、体から力抜けて、立てなくなった。一気に昔のこととか思い出してパニクって……朝の記憶、あんまない。おふくろが、なんか横でワーワー言ってて、一回病院行ったけど……やっぱあんま覚えてない。けど、大事な試合なのに、悪かったよ」

頭を下げられ、月谷は慌てて首を振った。

「やめてくれ。そこまで追い詰めてたの、俺たちじゃん。実際、笛吹いなかったらこのザマだしさ。それだけ頼られてたら、そりゃハゲるよな」

「ハゲっていうのはやめてくれ……いやハゲなんだけど……」

また笛吹は膝を抱え込んでしまった。

「悪い。けど、笛吹、改めて聞いてほしい。俺、ちゃんと言ってなかったから」

笛吹の胸を行き交う思いが何かは、わからない。だが、今この機を逃してはならないという強い予感が月谷にはあった。

「俺、今年東明に負けてめちゃくちゃ悔しかったんだ。来年は何がなんでも東明に勝ちたい。甲子園に行きたいんだ」

「水さして悪いけど、それは百パーセント無理だと思う」

間髪を容れずに、答えが返ってきた。迷いのない口調だった。

わかっている。皮肉でもなんでもない、これは事実だ。

「うん。で、百パー無理なことを目指すのが無駄だって笛吹が思ってんのも知ってる。そう思ってても、勝たせてやりたいと思ってたことも。それはすげぇありがたいと思ってる。でも俺はぶっちゃけ、三パーセントぐらいは可能性あるって思ってるから」

「なんだその微妙な数字」

「これを少しずつ増やしていく所存」

「所存じゃねーよ、無理だって。昔ならともかく、今の時代そういう奇跡は起きないって」

「起きると思う。笛吹もマジで勝てるって信じてくれて、勝ちたいって思ってくれれば。俺ら全員、そう思うようになれれば跳ね上がる」

テーブルの上に身を乗り出し、熱心に語る彼を、笛吹は膝の上から呆れたように見返した。

「いや、無理だろ」

「笛吹が、本当に勝てるって思えるようになる方法は、ひとつしかない。俺らがそう思わせられるぐらい強くなんなきゃいけない。もっと勝たなきゃいけない。できれば、それまで見ててほしいし、一緒にやってほしい」

笛吹は驚いたように顔をあげた。

「一緒に？　俺、また戻んの？」

今度は月谷が仰天した。

「は？　やめるつもりだったのかよ？」

「さすがに試合すっぽかしたら無理だろ」

「不可抗力だろ。監督も納得してる。あのさ、笛吹。俺、ここに来るまで、どうすりゃいいかなってずっと考えてきて、ひとついい考えが浮かんだんだけど」

「何」

コイツ絶対ろくでもないこと考えてんだろ、と言いたげな目にもめげず、月谷は親指をたてて笑った。

「笛吹、主将やってくれないか」

笛吹の動きが完全に止まった。まばたきも忘れて、月谷を見ている。

「……はあああああ⁉」

たっぷり十秒以上かけて、笛吹の脳に届いたらしい。時間差で怒鳴られて、月谷は顔をしかめた。だがやはり口は閉じない。

「笛吹があれだけ的確にフォローできるってことは、部内の連中の癖《くせ》、把握《はあく》してるってことだ。俺なんかより断然わかってる。適職だと思う」

「いや、冗談だろ。なんで十円ハゲできたって言ってるやつに、もっとハゲそうな話もちかけてんの?」

「発想の転換だよ。人に指示されたくないなら、自分がやらせりゃいい。キャプテンなら合法的にそれができる。それと俺、エースとキャプテン兼任はけっこうキツい。考えることがありすぎでパンクしそうなんだ。今日も悲惨だったし、もっと投球に集中したいってのもデカい」

嘘はひとつも言っていない。

実際、選ばれたので主将をつとめてはいたが、キツかった。強いチームをつくろうという気持ちばかりが空回り、それならまずは自分の投球を磨き上げなければと躍起になり、次第にまわりが見えなくなっていった自覚はある。

「そりゃまあ、エースと兼任は無理があるだろ。野球の試合は八割は投手で決まるんだ。投手はチームなんか見てないで、ひたすらいい投球することに専念するようじゃなきゃ勝つなんて無理に決まってる」

呆れたように、笛吹は言った。

ああ、やはりこいつはよく見ているんだな、と改めて思う。

今日、まさに痛感した。こんな状態では、絶対に木暮《こぐれ》に勝てる日なんてこない。自分の全部を投球にたたきこんでようやく、一歩を踏み出せるかという状態なのだ。

「そうなんだよ。背番号1をもらった以上、俺はとにかくここに全力ぶちこまないといけないんだってよくわかった。だから、キャプテンマークは笛吹に預けたい」

「そこで俺になる意味がわからねえよ。だいたい監督が許可しねえって」

「するよ。今すぐは厳しいけど、必ず、許可はもらえる。だって俺、これがベストだって思うし」

月谷は必死だった。人生でこれほど必死に人を説得しようと思ったことは、おそらくないと思う。

一緒に苦楽を共にすれば仲間。問題があっても、野球をやっていればそのうちわかりあう。そんなことは、ありえない。言葉を使わなくてもわかることはたくさんあるけれど、言葉を使わなければわからないことはもっとたくさんあるのだ。

「頼む、笛吹。俺たちと、一緒に甲子園行ってくれ。俺たち必ず、強くなるから」

笛吹はしばらく膝を抱えたまま、黙りこんでいた。

クーラーが唸る音、そして壁にかかった時計の秒針が時を刻む音。それがこの部屋にある音の全てだ。

重い静寂の中、月谷はじっと笛吹の顔を見続けた。相手がこちらを向くまで、意地でも目を逸らすつもりはなかった。

「悪ぃけど」

時計の秒針が二周ほど回った後、ようやく笛吹が声を出した。

「やっぱ俺、そういうのわかんねえわ」

声は震えていた。

「おまえが真剣に言ってくれてんのは、わかった。でも、主将とかやっぱ無理だし。ハゲてまでやりたくねえんだ」

ようやく、笛吹はこちらを見た。途端に彼の顔が歪む。たぶん、自分は泣きそうな顔をしているんだろうな、と思った。だが表情をつくろう余裕もなかった。

「ごめん、月谷」

最後に笛吹は謝罪した。

そのあと自分がなんと返したのか、月谷はその後どうしても思い出すことができなかった。

＊

十月最後の週末は、雲ひとつない見事な秋晴れだった。

しかし、月谷の心境は、秋晴れとはほど遠い。

ここに来て、ベンチの時計をいったい何回見ただろうか。あの長針が、あそこまで動くころには。いや、あそこまで動くころにはきっと。何度もそう思っては、時計とグラウンドの入り口へ交互に目をやるが、そこに望む姿は現れない。

「月谷。もう試合、始まんぞ」

隣に立つ若杉にぴしゃりと言われ、月谷はため息をついた。

秋の県大会は昨日、下馬評通り東明が優勝を飾り、閉幕した。もっとも早々に敗退した三ツ木には関係なく、むしろ金曜の決勝の翌日から行われる怒濤の練習試合に向けて猛練習を重ねてきた。

なにしろ今日の相手は、戸城《としろ》高校。今年の春に惨敗した相手で、本来ならばとてもではないが練習試合を組んでくれるような相手ではなかったが、今回は奇跡的に承諾してくれたのだ。

しかも、向こうが出してきたメンバーは、秋大会のパンフレットに載っていたメンバー——つまりれっきとしたA軍である。今までは、格上の学校との練習試合は全て、B軍もしくはC軍が出てきたが、戸城はまさかのA軍ということで、三ツ木の選手たちはみな異様にテンションがあがっている。

やはり、県大会に出るようになるとちがう。自分たちも少しは認められてきたんだろうか、と騒ぐ仲間の中で、月谷だけが一人、憂鬱な顔をしていた。

試合前のグラウンド整備に走り回る仲間を見回す。そこに、あるべき姿がない。

笛吹の部屋を訪れたのは、今週の月曜日。あれから五日経つが、笛吹は部活はおろか学校にも来ていない。電話にも出ず、メールやLINEも同様だ。木島や田中部長が一度家を訪れたらしいが、やはり反応はなかったらしい。

「やっぱ、いきなり主将なんて話出してプレッシャーかけたのはやばかったっすかね……」

月谷は未練がましく、時計を見た。九時半。もうすぐプレイボールだ。

昨日、駄目もとで電話をかけた。LINEは毎日送っていたが、やはり声で伝えようと思ったのだ。

案の定、すぐに留守録に切り替わったが、月谷は何度も練習した言葉を口にした。

『明日、戸城との練習試合なんだ。もし、笛吹の中に、まだ俺たちと野球やりたいって気持ちが少しでも残ってたら、来てほしい。俺たちはやっぱり、笛吹と一緒に野球やりたい』

飾りも何もない、つまらない言葉だ。一番正直な思いをそのまま声にのせた。祈るような思いだった。

当然、反応は何もなかった。瀬川たちの話によれば、一昨日あたりからLINEに既読マークすらつかなくなったそうだ。

いいかげん、ウザがられたか。また、焦りすぎたんだろうか。後悔ばかりが頭を巡る。

「終わったことは仕方ない。まあ、仲間に何の相談もなくいきなり切り出すのはどうかとは思うが、主将という案は悪くはなかったと思うぞ」

若杉は、励ますように肩をたたいて言った。

「そうですかね」

「俺も荒療治としてそれはアリだと考えてたんだ。今のままじゃ月谷の負担も大きいしな。県大会終わったら検討しようと思っていたんだが、まさかその前に」

さすがにその後は言葉にはしなかった。円形脱毛症のことは、他の選手には言っていない。部員で知っているのは、月谷だけだ。笛吹が個人的に知らせていたらわからないが、彼の性格上、誰かに言うとも思えない。

「俺も、もっと早く対応しておくべきだったな。ああいう手合いは、最初からグイグイいくのもどうかなと後手に回ったのが悪かった。あいつのことはなんとかするから、今は目の前の試合に集中しろ」

「……はい」

忸怩たる思いで、グラブをつける。プロテクターをつけたキャッチャーの鈴江《すずえ》が「今日の球走ってますから、いけますよ！」と気分を盛り上げるように明るく笑いかけてくるのが、胸に痛い。

そうだ、自分がこんな顔をしていては駄目だ。せっかく、チームが盛り上がっているのだ。たとえそれが空元気だったとしても、自分は一番元気でなければいけない。

「よし皆、集まれ！」

最近ようやく板についてきた大声に、部員たちがわらわらと集まる。自然と円陣が組まれた。

「この試合から仕切り直しだ。ありがたいことに、戸城もA軍で門出を祝ってくれるらしい。気合い入れて、甲子園まで突っ走るぞ‼」

「おう！」

「ひとつひとつのプレーを丁寧に。声がけは積極的に。いつもの基本、忘れるな。それから――」

途中で、言葉が切れた。

向かい側で話を聞いていた木島が、ぽかんとして月谷の背後を見ていることに気がついたからだ。彼だけではない。その左右の部員も、さらにその横もと、驚愕が広がっていく。

怪訝に思い、月谷も振り向いた。そしてそのまま固まった。

「さーせん！」

戸城高校には専用の公式野球場がある。そのネットのむこうから、じたばたと走ってくる人影がある。

「遅れました！　三ツ木の！　ショート！　です！」

喚きながら近づいてくる男は、たしかに三ツ木の選手らしかった。

そのへんで慌てて着たのか、ひんまがってはいるが、いちおう三ツ木のユニフォームを着ている。エナメルバッグも、やはり三ツ木のものだ。

「……え、ふっきー？」

木島が茫然と口にするまで、月谷もそれが笛吹だと確信できなかった。声はたしかに笛吹のものだったし、背格好も、そしてなにより顔が笛吹のものだ。

だが一瞥してそうと思えなかったのは——

「おまえ、そのカッコ」

若杉も唖然として、彼を見た。その視線の先は、月谷らと同じ一点を見ている。

ようやくグラウンドまで辿りついた笛吹は、肩で息をして、「遅れそうだからそのへんで着替えてきましたサーセン」と謝罪した。

「……あー、そのなんだ。その頭、どうした」

笛吹は、みごとな坊主頭だった。それも、月谷たちのような五分刈りではなく、さらに短い、五厘刈り。ここまで来ると、夏の大会前に、気合いを入れるために一部の学校がやる程度の短さだ。三ツ木にも、ここまで短くした人間はさすがにいない。いや、そういえば昨年の夏、中村主将がこれぐらい刈りこんだかもしれない——月谷は、衝撃のあまりまわらぬ頭でそんなことをぐるぐる考えていた。

「床屋行ったらメッチャ混んでて、遅れました。サーセン」

笛吹は、勢いよく頭を下げた。腰はほぼ直角。再びチームに衝撃が走った。笛吹の謝罪といえば、ちょっと頭を下げる程度で、それ以上は無駄なパフォーマンスだと常々公言していたからだ。

「そういう時は、申し訳ありません、だ」

その中でひとり、平静を保っている若杉は、しげしげと彼の坊主頭を見つめた。つられて月谷も見やる。

毛が抜けた箇所は、やはり隠し切れてはいない。頭を下げれば、誰の目にも明らかになる。しかし笛吹は全くかまうことなく、一同の前に晒した。

「ふっきー、それ」

「今まで、さー――申し訳ありませんでした！」

仲間の声を遮るように、笛吹は頭をさげたまま言った。

「そこのメガネが主将になって自分を助けろっつうんで、はじめはふざけんなって思ったんスけど、主将になったらなんの遠慮もしなくなって好き放題できると思い直して、戻ってきました！」

ぎょっとした月谷に、視線が集中する。言い訳もできぬうちに、笛吹はさらに続けた。

「この頭はえっと、禊ぎと、意思表明ってやつです。こっちはこれ以上なんも隠すことないっす。あとの判断は、お任せします‼」

グラウンド中に響き渡る声に、一同は静まりかえる。

（これ誰？）

全員の頭の中にある疑問は、同じだっただろう。髪とともに、笛吹の中の大事な何かが吹き飛んだのだろうか。

あっけにとられている中で、平常通り反応を返したのは、やはり成人済みの二人だけだ。

「極端なやつだなぁ、おまえ。そんなんだから、髪抜けんだよ」

「まあまあ、若杉先生……彼の誠意……すばらしいじゃないですか……」

田中部長はうっすら涙ぐんですらいた。

「誠意、ねえ。おい笛吹、参考までに訊くが。主将になったら遠慮しないで好き放題するって、具体的にどうするつもりなんだ？」

「全員、俺レベルになってもらいます」

「そりゃ無理だふっきー！」

二年生の一人が、悲鳴じみた声をあげる。すると笛吹はようやく頭をあげた。

「は？　それぐらいできねーで甲子園とかマジで言ってんの？　全員、今の俺よりうまくならなきゃ話にならないし、月谷が死ぬだけだけど。おまえら、こいつに常に完封しろって言いたいの？」

笛吹の指が、茫然と立ち尽くしている月谷を指し示す。また視線が集中して、月谷は全身から汗が吹き出すのを感じた。

「俺が命より大事な髪切ったんだから、おまえらも命ぐらい削れよ。そういう感じで行きたいんですが、監督、どうスか」

「ああうん、まあ言いたいことは山ほどあるんだが、戸城さん待っててくれてるから、今はとりあえず試合始めようか」

　そう言われてはじめて、向かい側のベンチから、戸城のA軍が生ぬるい笑顔でこちらを見ていることに気がついた。慌てて整列して挨拶を済ませ、みな動揺を引きずったまま守備位置に散る。さすがに笛吹はベンチ待機を命じられ、不服そうだったが、月谷と目が合うと、小走りで寄ってきた。

「あのな」

　グラブで口許を隠し、笛吹は早口で言った。

「ぶっちゃけると、一緒にって言われたの、わりと嬉しかった。今まで、力貸してくれとか、そういうふうに言われること多かったから」

「……ああ」

　まだ今いち働いていない頭で、相づちをうつ。それから、ようやくはっと我に返って、目を瞬いて笛吹を見た。

「よく来てくれた、ありがとう。マジでダメかと思ってた」

「ダメな予定だったよ。髪生えたら挨拶ぐらいは来ようと思ってたけど」

　笛吹はわざとらしくため息をついた。

「けど去年とちがってみんなしつこいし、おまえがあんま悲痛な声で電話してくるからさ。

なんかもう頭隠すのも限界だし、ヤケクソで床屋行ったら、いろんなことがどうでもよくなったわ。俺の髪の対価は支払ってもらうから。絶対に」

絶対に、のあたりでは本気で凄まれたので、月谷は後じさって「お、おお」と頷いた。

「だからおまえはとりあえず、エースの仕事してこい。後半からは助けてやるから」

偉そうな口ぶりに、ようやく月谷の口許も緩む。それまで自分の顔が完全に強ばっていたことに、はじめて気がついた。

助けてやる、フォローしてやる。俺がやってやる。口に出そうが出すまいが、いちいち恩着せがましさが表に出るのは笛吹の特徴だ。鬱陶しいが、いっそこれを前面に出して引っ張ってくれるなら、多分そう悪くはない。

「出してもらえたらな」

グラブで軽く笛吹の頭を小突き、月谷はマウンドに走った。

軽く屈伸をし、右肩を回す。いつものルーティン。そして七球の投球練習。調子はいい。鈴江はさきほど世辞で球が走っていると言ってくれたが、実際、今はいい感じだ。

「いいぞ、月谷！　一四〇出てるぞー！」

ベンチからふざけた声がとんでくる。出てるわけないだろ、バカ。毒づきつつも、そう言われると出るような気がしないでもないのが、不思議だった。

「プレイボール！」

審判の声が、秋空の空に高らかに響く。

ああ、ここから始まるんだ。

空と同じ晴れ晴れとした心持ちで、第一球を、投げた。

※この作品はフィクションです。実在の人物・団体・事件などにはいっさい関係ありません。

集英社オレンジ文庫をお買い上げいただき、ありがとうございます。
ご意見・ご感想をお待ちしております。

● あて先
〒101-8050　東京都千代田区一ツ橋2-5-10
集英社オレンジ文庫編集部 気付
須賀しのぶ先生

エースナンバー

雲は湧き、光あふれて

集英社
オレンジ文庫

2016年7月25日　第1刷発行

著　者　須賀しのぶ
発行者　鈴木晴彦
発行所　株式会社集英社
〒101-8050東京都千代田区一ツ橋2-5-10
電話【編集部】03-3230-6352
【読者係】03-3230-6080
【販売部】03-3230-6393（書店専用）
印刷所　株式会社美松堂／中央精版印刷株式会社

※定価はカバーに表示してあります

ISBN 978-4-08-680092-1 C0193

集英社オレンジ文庫

白川紺子

下鴨アンティーク

神無月のマイ・フェア・レディ

喫茶店店主の満寿から亡き両親の話を
聞いた鹿乃は、雷の鳴る帯の謎を解き
両親の馴れ初めを辿ることに……。

――――〈下鴨アンティーク〉シリーズ既刊・好評発売中――――

【電子書籍版も配信中　詳しくはこちら→http://ebooks.shueisha.co.jp/orange/】

①アリスと紫式部　②回転木馬とレモンパイ
③祖母の恋文

集英社オレンジ文庫

野村行央

ポップコーン・ラバーズ

あの日出会った君と僕の四季

殺人事件が起きたミニシアターで
アルバイトをはじめた大学生の森園。
ある日、学内で事件の被害者・みなもの
幽霊と出会ったことから、彼女との
不思議で奇妙な関係がはじまって…。